más

allá

del

planeta

silencioso

más

allá

del

planeta

silencioso

más
allá
del
planeta
silencioso

C. S. Lewis

GRUPO NELSON

Desde 1798

A MI HERMANO
W. H. L.

*que dedicó su vida a la crítica sobre la narrativa
del espacio-tiempo.*

Nota

Algunas referencias despectivas a narraciones anteriores de este tipo que se encontrarán en las páginas siguientes fueron incluidas por motivos puramente dramáticos. El autor lamentaría que algún lector lo creyera demasiado estúpido para haber disfrutado de las fantasías del señor H. G. Wells o demasiado ingrato para reconocer su deuda hacia ellas.

C. S. L.

1

Apenas habían dejado de caer las últimas gotas del chaparrón cuando el caminante hundió el mapa en el bolsillo, se acomodó la mochila sobre los hombros cansados y salió del refugio que le había brindado un imponente castaño al centro del camino. Hacia el oeste, un violento crepúsculo amarillo se derramaba por una grieta entre las nubes, pero, sobre las montañas que se alzaban más adelante, el cielo tenía el color de la pizarra oscura. Caían gotas de cada árbol y de cada hierba, y el camino brillaba como un río. El caminante no perdió tiempo en el paisaje; partió de inmediato con el paso decidido de quien ha advertido que deberá ir más lejos de lo que había pensado. Esa, justamente, era su situación. Si hubiera decidido mirar atrás, cosa que no hizo, habría visto la aguja de Much Nadderby y lanzado entonces una maldición al hotelito inhóspito que, aunque obviamente vacío, le había negado una cama. El lugar había cambiado de dueño desde su última excursión a pie por la región. El anciano propietario bondadoso que había esperado encontrar había sido reemplazado por alguien a quien la cantinera había llamado «la señora», y, según parecía, la señora era una posadera británica de la escuela ortodoxa, que consideraba a los pensionistas una molestia. Ahora su única oportunidad era Sterk, en el extremo de las colinas y a unos diez kilómetros de distancia. El mapa indicaba que había una fonda en Sterk. El caminante tenía la experiencia necesaria como para no fundar esperanzas eufóricas en semejante dato, pero no parecía haber otra posibilidad a su alcance.

Caminaba con bastante rapidez, sin mirar a los lados, como alguien que trata de hacer más llevadera la marcha con una serie de ideas interesantes. Era alto, pero un poco cargado de hombros, tenía entre treinta y cinco y cuarenta años y se vestía con ese desaliño peculiar que caracteriza a un miembro de la *intelligentsia* de vacaciones. A primera vista se le podría haber confundido con un doctor o con un maestro de escuela, aunque no tenía ni el aire mundano del primero ni la indefinible vivacidad del segundo. En realidad, era filólogo y miembro de un *college* de Cambridge. Se llamaba Ransom.

Cuando dejó Nadderby había esperado pasar la noche en alguna granja acogedora antes de llegar al lejano Sterk. Pero esa zona de las montañas parecía casi deshabitada. Era una región solitaria, monótona, dedicada a la cría de nabos y repollos, con raquíticos cercos de arbustos y árboles escasos. No atraía visitantes, como la zona más rica que había al sur de Nadderby, y las colinas la separaban de las zonas industriales que se extendían más allá de Sterk. Mientras el crepúsculo caía y se iba apagando el sonido de los pájaros, el campo se fue haciendo más silencioso de lo que suele ser el campo inglés. El ruido de sus propias pisadas sobre el camino de grava se volvió irritante.

Había caminado de este modo durante unos tres kilómetros cuando vio una luz. En ese momento estaba muy cerca de las montañas y la oscuridad era casi total, así que alimentó esperanzas de encontrar una sólida granja, hasta que se acercó lo suficiente al origen de la luz, que demostró ser una pequeñísima y humilde vivienda de ladrillos estilo siglo XIX. Una mujer se abalanzó desde el umbral mientras él se aproximaba y casi lo embistió.

—Perdóneme, señor —dijo—. Creí que era mi Harry.

Ransom le preguntó si había algún lugar antes de Sterk donde pudiera pasar la noche.

—No, señor —dijo la mujer—. Antes de Sterk, no. Yo diría que pueden prepararle algo en Nadderby.

Hablaba con voz apocada y desganada, como si tuviera la mente ocupada en otra cosa. Ransom le explicó que ya había probado suerte en Nadderby.

—Entonces no sé, señor, no sé —contestó—. Casi no hay casas antes de Sterk, no de las que usted busca. Solo está La Colina, donde trabaja mi Harry, y creí que usted venía de ese lado, señor, y por eso salí al oírlo, creyendo que sería él. Hace rato que tendría que estar en casa.

—La Colina —dijo Ransom—. ¿Qué es eso? ¿Una granja? ¿Me recibirían?

—Oh, no, señor. Mire, allí no hay nadie aparte del profesor y el caballero de Londres, no desde que murió la señorita Alicia. Ellos no harían nada de eso, señor. Ni siquiera tienen sirviente, salvo mi Harry que los ayuda con el horno, y él no entra en la casa.

—¿Cómo se llama el profesor? —preguntó Ransom, con una débil esperanza.

—No sé, señor, no sé —dijo la mujer—. El otro caballero es el señor Devine, y Harry dice que el otro caballero es un profesor. Mire, señor, él no sabe mucho de eso porque es un poco ingenuo y por eso es por lo que no me gusta que vuelva tan tarde a casa, y ellos dijeron que siempre lo mandarían a las seis, lo que no quiere decir que no sea suficiente trabajo por un día.

La voz monótona y el vocabulario limitado de la mujer no expresaban mucha emoción, pero Ransom estaba a una distancia que le permitía apreciar que la mujer estaba temblando, a punto de llorar. Se le ocurrió que su deber era llamar a las puertas del misterioso profesor y pedirle que enviara al muchacho de vuelta a casa, y solo una fracción de segundo más tarde se le ocurrió que una vez dentro de la casa (entre hombres de su propia profesión) podía muy razonablemente aceptar la oferta de albergue por una noche. Cualquiera que hubiese sido el curso de sus pensamientos, descubrió que la imagen mental de sí mismo llamando a las puertas de La Colina había adquirido toda la solidez de una decisión previa. Le dijo a la mujer lo que pretendía hacer.

—Muchísimas gracias, señor, realmente —le dijo—. Y si fuera tan amable, vea que pase por el portón de entrada y empiece a caminar hacia aquí antes de que usted se vaya; no sé si me entiende, señor. Le tiene mucho miedo al profesor y no se vendría una vez que usted le diera la espalda, señor, si ellos mismos no se lo han ordenado.

Ransom tranquilizó a la mujer lo mejor que pudo y se despidió después de asegurarse de que encontraría La Colina a su izquierda, a cinco minutos. La rigidez de sus músculos había aumentado y reinició la marcha lenta y dolorosamente.

No había señales de luces a la izquierda de la carretera: nada salvo los campos llanos y una masa de oscuridad que tomó por un montecito. Parecieron pasar más de cinco minutos antes de alcanzarlo y descubrir que se había equivocado. Estaba separado del camino por un grueso seto de arbustos y en él había un portón blanco: los árboles que se alzaron sobre él mientras examinaba la entrada no eran la primera hilera de arbustos, sino solo una más a través de cuyas ramas se veía el cielo. Ahora se sintió bastante seguro de que esa debía de ser la entrada a La Colina y de que los setos rodeaban una casa y un jardín. Empujó el portón y descubrió que estaba cerrado con llave. Por un momento permaneció indeciso, desanimado por el silencio y la oscuridad creciente. Cansado como estaba, su primera intención fue continuar el viaje hacia Sterk, pero se había comprometido con la anciana a cumplir un molesto deber. Sabía que, si uno realmente quería, era posible abrirse paso a través del seto. Él no quería. ¡Se vería tan tonto entrando con torpeza en la propiedad de un jubilado excéntrico (la clase de hombre que cierra las puertas con llave en el campo), con la estúpida historia de una madre histérica sumida en lágrimas porque han demorado a su hijo idiota media hora en el trabajo! Sin embargo, era evidente que tendría que entrar y, como uno no puede arrastrarse a través de un seto de arbustos con la mochila puesta, se la sacó y la lanzó por encima del portón. En cuanto lo hizo, le pareció que no se había decidido hasta ese momento: ahora debía entrar al jardín aunque solo fuera para recuperar la mochila. Se sintió furioso con la mujer y consigo mismo, pero se puso a cuatro patas y empezó a arrastrarse dentro del seto.

La operación resultó más difícil de lo que había esperado y pasaron varios minutos antes de poder ponerse de pie en la húmeda oscuridad del otro lado, con la piel ardiendo por el contacto con espinas y ortigas. Buscó a tientas el portón, agarró la mochila y entonces se volvió por primera vez para hacer un inventario de lo que lo rodeaba. Sobre el camino de entrada había más luz que bajo los arbustos y no tuvo dificultades en distinguir un amplio edificio de piedra más allá de una extensión de césped abandonado y descuidado. Un poco más adelante el camino se abría en dos: el sendero de la derecha conducía en una suave curva hasta la puerta de entrada, mientras que el izquierdo seguía en línea recta, sin duda hasta la parte posterior del edificio. Notó que este último estaba surcado por huellas profundas, ahora llenas de agua, como si hubiera soportado el tránsito de vehículos pesados. El otro, sobre el que comenzaba a acercarse a la casa, estaba cubierto de musgo. En la casa misma no se veían luces: algunas ventanas tenían postigos, otras bostezaban pálidas sin postigos ni ventanas, todas inhóspitas y muertas. La única señal de vida era una columna de humo que se alzaba tras la casa con una densidad tal que sugería más la chimenea de una fábrica, o al menos de una lavandería, que la de una cocina. Sin lugar a dudas, La Colina era el último lugar del mundo donde a un extraño se le ocurriría llamar para pasar la noche, y Ransom, que ya había desperdiciado tiempo explorándolo, con seguridad se habría alejado de no mediar su desafortunada promesa a la vieja.

Subió los tres escalones que llevaban al amplio porche, hizo sonar la campanilla de llamada y esperó. Después de un momento la hizo sonar por segunda vez y se sentó en un banco de madera en uno de los lados del porche. Se quedó así tanto tiempo que, aunque la noche era cálida e iluminada por las estrellas, el sudor empezó a secársele sobre la cara y un leve escalofrío le recorrió los hombros. Se sentía muy cansado y quizás eso fue lo que le impidió levantarse y llamar por tercera vez: eso y la inmovilidad sedante del jardín, la belleza del cielo estival y el ululato ocasional de un búho en las cercanías, que solo parecía enfatizar la tranquilidad de lo que lo rodeaba. Comenzaba a sentirse adormecido cuando pasó a un estado de alerta. Se oía un ruido particular: un ruido a forcejeo, que recordaba vagamente el encuentro de dos equipos de *rugby* alrededor de la pelota. Se puso de pie. Ahora el ruido era inconfundible. Gente con botas luchaba o forcejeaba o jugaba a algo. También gritaban. No podía distinguir las palabras, pero oía las exclamaciones como ladridos monosilábicos de hombres furiosos y sin aliento. Lo último que Ransom deseaba era verse envuelto en un incidente, pero la convicción de que debía investigar el asunto crecía en él cuando vibró un grito mucho más alto, en el que pudo distinguir las siguientes palabras:

—Déjenme ir. Déjenme ir. —Y luego, un segundo más tarde—: No voy a entrar ahí. Déjenme ir a casa.

Ransom se quitó la mochila, bajó los escalones del porche de un salto y corrió hacia la parte posterior del edificio tan de prisa como le permitían las piernas rígidas y los pies doloridos. Las huellas y los charcos del sendero lo llevaron a lo que parecía ser un patio, pero un patio rodeado por una cantidad inusual de dependencias. Tuvo la visión fugaz de una alta chimenea, de una puerta baja ocupada por el rojo resplandor del fuego y de una enorme forma redonda que se alzaba negra contra las estrellas, a la que tomó por la cúpula de un pequeño observatorio. Luego todo eso fue borrado de su mente por las figuras de tres hombres trabados en una lucha, tan cerca de él que casi irrumpió entre ellos. Desde el primer instante, Ransom estuvo seguro de que la figura central, a la que los otros dos parecían haber controlado a pesar de sus esfuerzos, era el Harry de la anciana. Le hubiera gustado decir con voz tronante «¿Qué le están haciendo al chico?», pero las palabras que le salieron en realidad, en tono muy poco impresionante, fueron:

—¡Eh!, ¡oigan...!

Los tres luchadores se apartaron de golpe, el muchacho berreando.

—¿Puedo preguntarle quién demonios es usted y qué está haciendo aquí? —dijo el más robusto y alto de los dos hombres. Su voz tenía todas las cualidades que le habían faltado tan lamentablemente a Ransom.

—Estoy haciendo una excursión a pie —dijo él— y le prometí a una pobre mujer...

—Maldita sea esa pobre mujer —repuso el otro—. ¿Cómo entró?

—Atravesando el seto —dijo Ransom, que sentía que un poco de humor venía en su ayuda—. No sé qué le están haciendo a ese pobre chico, pero...

—Deberíamos tener un perro —dijo el hombre robusto a su compañero, ignorando a Ransom.

—Deberías decir que tendríamos un perro si no hubieras insistido en utilizar a Tártaro en un experimento —dijo el hombre que no había hablado hasta entonces. Era casi tan alto como el otro, pero más delgado y, según parecía, más joven. Su voz le sonó vagamente familiar a Ransom, que hizo un nuevo intento de explicarse.

—Miren —dijo—, no sé qué le están haciendo a ese muchacho, pero ya es muy tarde y es hora de que lo manden a casa. No tengo el menor deseo de meterme en sus asuntos privados, pero...

—¿Quién es usted? —aulló el hombre robusto.

—Me llamo Ransom, si eso es lo que quiere saber. Y...

—Por Júpiter, ¿no será el Ransom que iba a Wedenshaw? —dijo el hombre delgado.

—Hice mis estudios en Wedenshaw —repuso Ransom.

—Me pareció reconocerte nada más hablar —dijo el hombre delgado—. Yo soy Devine. ¿No te acuerdas de mí?

—Por supuesto. ¡Tendría que haberme dado cuenta! —dijo Ransom mientras los dos se daban la mano con la pesada cortesía tradicional de semejantes ocasiones. A decir verdad, Devine era una de las personas que más le habían disgustado a Ransom en el colegio.

—Conmovedor, ¿no es cierto? —dijo Devine—. La vieja guardia se encuentra hasta en los páramos salvajes de Sterk y Nadderby. Entonces se nos hace un nudo en la garganta y recordamos las noches de domingo en la capilla del D. O. P. ¿No conoces a Weston? —Devine señaló a su compañero gritón y macizo—. Weston —agregó—. Ya sabes. El gran físico. Unta las tostadas con Einstein y bebe medio litro de sangre de Schrodinger en el desayuno. Weston, te presento a Ransom, mi viejo compañero de estudios. El doctor Elwin Ransom. Ransom, sabes. El gran filólogo. Unta las tostadas con Jespersen y bebe medio litro...

—No sé nada sobre él —dijo Weston, que seguía sosteniendo al desgraciado Harry por el cuello—. Y si esperas que te diga que me encanta conocer a esta persona que acaba de entrar por la fuerza en mi jardín, siento desilusionarte. Me importa un rábano a qué colegio fue o en qué estupidez está desperdiciando actualmente el dinero que habría que destinar a la investigación científica. Quiero saber qué está haciendo aquí y después no quiero volver a verlo.

—No seas burro, Weston —dijo Devine en tono más serio—. Su inesperada presencia no podría ser más oportuna. No te preocupes por los modales de Weston, Ransom. Bajo su fachada agresiva oculta un corazón de oro, ¿sabes? Supongo que te quedarás a tomar una copa y comer algo, ¿verdad?

—Te lo agradezco mucho —dijo Ransom—. Pero en cuanto al muchacho...

Devine se apartó un poco con Ransom.

—Es tonto —dijo en voz baja—. Por lo general trabaja como un castor, pero le dan estos ataques. Solo estábamos tratando de llevarlo al lavadero y dejarlo tranquilo una hora o algo así hasta que se calmara. No podemos dejarlo ir a su casa en ese estado. Lo hacemos con la mejor intención. Si quieres puedes llevarlo tú mismo... y volver y dormir aquí.

Ransom estaba perplejo. Toda la escena había sido lo suficientemente sospechosa y desagradable para convencerlo de que había caído en medio de algo criminal, aunque por otro lado tenía la convicción profunda, irracional, característica de la gente de su edad y clase, de que cosas como esas no podían cruzarse jamás en el camino de una persona común, salvo en las novelas, y mucho menos estar relacionadas con profesores o antiguos compañeros de estudio. Aunque hubieran estado maltratando al muchacho, Ransom no veía muchas posibilidades de librarlo de ellos por la fuerza.

Mientras esas ideas cruzaban su mente, Devine había estado hablando con Weston en voz baja, aunque no más baja de lo que podía esperarse en alguien que discute los preparativos necesarios ante un huésped inesperado. La conversación terminó con un gruñido de asentimiento por parte de Weston. Ransom, para quien una sensación embarazosa meramente social se había agregado a sus otras dificultades, se dio vuelta con la intención de hacer una observación. Pero Weston estaba hablando con el chico.

—Ya nos has dado suficientes problemas por esta noche, Harry —dijo—. Y en un país con un gobierno mejor yo sabría cómo tratarte. Ahora cállate y deja de lloriquear. No necesitas entrar al lavadero si no quieres.

—No era el lavadero, usted sabe que no era eso —sollozó el joven retrasado—. No quiero entrar en esa cosa otra vez.

—Quiere decir el laboratorio —interrumpió Devine—. Una vez entró y se quedó encerrado por accidente durante unas horas. Por alguna razón eso lo enloqueció. Como un pobre indio, ¿sabes? —Se volvió hacia el muchacho—. Escucha, Harry —dijo—. Este buen caballero va a llevarte a casa en cuanto descanse un poco. Si entras y te sientas tranquilamente en la sala, te daré algo que te va a gustar.

Imitó el sonido de descorchar una botella (Ransom recordó que era uno de los trucos de Devine en el colegio), y una risotada de reconocimiento infantil brotó de los labios de Harry.

—Traedlo adentro —dijo Weston mientras se apartaba y desaparecía dentro de la casa.

Ransom dudó en seguirlo, pero Devine le aseguró que a Weston le encantaría. Era una mentira descarada, pero la ansiedad que tenía Ransom por descansar y tomar una copa sobrepasaba sus escrúpulos sociales. Precedido por Devine y Harry, entró a la casa y se encontró un momento más tarde sentado en un sillón esperando el regreso de Devine, que había ido a buscar bebida.

2

La habitación adonde lo habían conducido exhibía una extraña mezcla de lujo y suciedad. Las ventanas estaban cerradas con postigos y no tenían cortinas, el piso carecía de alfombra y estaba sembrado de cajas de embalajes, virutas, periódicos y botas, y el empapelado de la pared mostraba las manchas dejadas por los cuadros y los muebles de los ocupantes anteriores. Por otro lado, los dos únicos sillones eran del tipo más costoso, y en el caos que cubría las mesas se mezclaban los puros, valvas de ostras y botellas de champán vacías con latas de leche condensada y de sardina abiertas, vajilla barata, trozos de pan, tazas con restos de té y colillas de cigarrillos.

Sus anfitriones parecían tardar y Ransom se puso a pensar en Devine. Sentía por él ese disgusto que experimentamos por alguien a quien hemos admirado durante un período muy breve de nuestra adolescencia y que superamos al crecer. Devine había aprendido exactamente medio semestre antes que los demás ese tipo de humor que consiste en una parodia de los clisés sentimentales o idealistas de los mayores. Durante unas semanas sus referencias al «viejo y querido lugar» y a «ser decentes», a «la misión del hombre blanco»* y al «rígido garrote» habían magnetizado a todos, incluido Ransom. Pero, ya antes de salir de Wedenshaw, Ransom había empezado a considerarlo una persona molesta, y en Cambridge lo había evitado, preguntándose de lejos cómo alguien tan superficial y previsible podía tener tanto éxito. Luego se presentó el misterio de que eligieran a Devine para la beca Leicester y el misterio mayor de su creciente riqueza. Para entonces hacía tiempo que había dejado Cambridge por Londres y se suponía que era alguien «en la ciudad». A veces se oían comentarios sobre él, y por lo común el informante terminaba diciendo: «Un maldito tipo inteligente ese Devine», o si no observaba en tono quejumbroso: «No me explico cómo ha podido llegar tan lejos». Según lo que Ransom pudo advertir en la breve conversación que

---

* Título de un poema de Kipling que se convertiría en emblema y justificación de la mentalidad colonialista británica. (*N. del t.*).

mantuvieron en el patio, su antiguo compañero de estudios había cambiado muy poco.

Lo interrumpió el ruido de una puerta al abrirse. Devine entró solo, llevando una bandeja con una botella de *whisky*, vasos y un sifón.

—Weston está buscando algo de comer —dijo mientras colocaba la bandeja en el suelo, junto al sillón de Ransom, y se disponía a abrir la botella.

Ransom, que ya tenía realmente mucha sed, notó que su anfitrión era una de esas personas irritantes que se olvidan de usar las manos en cuanto empiezan a hablar. Devine comenzó a levantar el papel plateado que recubría el corcho con la punta del abrebotellas y entonces se detuvo para preguntar:

—¿Qué es lo que te ha traído a estas incultas regiones del país?

—Estoy haciendo una excursión a pie —dijo Ransom—. Anoche dormí en Stoke Underwood y hoy pensaba parar en Nadderby. No me recibieron, así que seguí hacia Sterk.

—¡Por Dios! —exclamó Devine, con el sacacorchos aún inmóvil—. ¿Lo haces por dinero o por simple masoquismo?

—Por placer, desde luego —dijo Ransom con la mirada fija en la botella aún cerrada.

—¿Puedes explicar el atractivo de semejante actividad a un neófito? —preguntó Devine, acordándose lo suficiente de lo que estaba haciendo para arrancar un pedacito de papel plateado.

—Es difícil. En primer lugar, me gustan las auténticas caminatas...

—¡Por Dios! Lo debes de haber pasado bien en el ejército. Al trote firme hasta Thingummy, ¿eh?

—No, no. Es exactamente lo contrario. En el ejército lo principal es que nunca estás solo ni un momento y que nunca puedes elegir adónde ir o al menos por dónde ir. En una excursión a pie eres absolutamente libre. Mientras dura no necesitas pensar en nadie ni consultar a nadie que no seas tú mismo.

—Hasta que una noche encuentras un telegrama esperándote en el hotel, que dice «Vuelve en seguida» —replicó Devine, quitando por fin el papel plateado.

—¡Solo si has cometido la tontería de dejar una lista de direcciones y luego pasar por ellas! En mi caso, lo peor que puede ocurrir es que digan por la radio: «Se ruega al doctor Elwin

Ransom, que según se cree recorre a pie algún lugar de las Midlands...».

—Empiezo a entender —dijo Devine, haciendo una pausa en el momento mismo en que tiraba del corcho—. No funcionaría si fueras un hombre de negocios. ¡Eres un tipo con suerte! Pero incluso en tu caso, ¿puedes desaparecer de ese modo? ¿No hay ninguna mujer, ningún hijo, ningún padre anciano pero honesto o algo por el estilo?

—Solo una hermana casada en la India. Y además soy catedrático, ¿sabes? Y un catedrático de vacaciones es un ser casi inexistente, como deberías recordar. La universidad no sabe dónde estoy ni le importa, y, por cierto, a otras personas tampoco.

El corcho salió finalmente con un ruido que alegraba el corazón.

—Dime cuánto quieres —dijo Devine mientras Ransom le tendía el vaso—. Sin embargo, estoy seguro de que hay alguna trampa. ¿Quieres decir realmente que nadie sabe dónde estás o cuándo regresas, y que nadie puede localizarte?

Ransom estaba asintiendo cuando Devine, que había agarrado el sifón, lanzó una maldición.

—Lo siento, pero está vacío —dijo—. ¿Te importaría que fuera a por agua? Tengo que ir a buscarla al fregadero.

—¿Cuánta quieres?

—Hasta el borde, por favor —dijo Ransom.

Minutos más tarde, Devine regresó y le tendió a Ransom el tan demorado trago. Mientras bajaba el vaso medio vacío con un suspiro de satisfacción, Ransom observó que el lugar elegido por Devine como residencia era al menos tan extraño como la forma elegida por él para pasar las vacaciones.

—Así es— dijo Devine—. Pero si conocieras a Weston te darías cuenta de que es mucho mejor ir a donde quiere él que discutir el asunto. Es lo que llamaríamos un socio de carácter.

—¿Socio? —preguntó Ransom.

—En cierto sentido. —Devine miró hacia la puerta, acercó su sillón al de Ransom y continuó en tono más confidencial—: Es una buena persona a pesar de todo. Que quede entre nosotros: estoy invirtiendo dinero en algunos experimentos suyos. Es un asunto serio: el progreso, el bien de la humanidad y cosas por el estilo, pero tiene su faceta industrial.

Mientras Devine hablaba, Ransom empezó a sentir algo extraño. Al principio simplemente tuvo la impresión de que las palabras de Devine ya no tenían sentido. Parecía estar diciendo que él era industrial por los cuatro costados, pero que nunca podía lograr un experimento que le sirviera en Londres. Luego advirtió que Devine no era tan ininteligible como inaudible, lo cual no era sorprendente si se tenía en cuenta que estaba tan lejos: a casi un kilómetro de distancia, aunque perfectamente nítido, como algo visto por el extremo equivocado de un telescopio. Desde aquella distancia fulgurante, sentado en su pequeña silla, Devine contemplaba a Ransom con una nueva expresión en el rostro. La mirada se volvió desconcertante. Ransom trató de moverse en el sillón, pero descubrió que había perdido todo control sobre su cuerpo. Se sentía bastante cómodo, pero era como si tuviera los brazos y las piernas asegurados con vendas al sillón y la cabeza apretada en un torno de carpintero, un hermoso torno acolchado, pero completamente inamovible. No sentía miedo, aunque sabía que debía sentir miedo y pronto lo sentiría. Luego, muy lentamente, el cuarto se fue desvaneciendo.

Ransom nunca pudo asegurar si lo que siguió tuvo algo que ver con los sucesos registrados en este libro o si fue simplemente un sueño irresponsable. Le pareció que él, Weston y Devine estaban de pie en un jardincito rodeado por un muro. El jardín era brillante, iluminado por el sol, pero, por encima de la pared, solo se veía oscuridad. Estaban tratando de trepar para pasar por encima del muro, y Weston les pedía que lo ayudaran a subir. Ransom le repetía que no pasara por encima del muro porque al otro lado estaba muy oscuro, pero Weston insistía y los tres se pusieron manos a la obra. Ransom fue el último. Estaba a horcajadas sobre el muro, sentado sobre la chaqueta para protegerse de los trozos de botella. Los otros dos ya habían caído en la oscuridad del otro lado, pero antes de que él los siguiera se abrió desde afuera una puerta en el muro (que ninguno de los tres había notado) y la gente más extraña que hubiera visto en su vida entró en el jardín trayendo a Weston y Devine de vuelta. Los dejaron allí y se retiraron a la oscuridad, asegurando la puerta a sus espaldas. Ransom descubrió que le resultaba imposible bajar del muro. Se quedó sentado allí, no asustado, pero bastante intranquilo porque la pierna derecha, que caía hacia afuera, se veía muy oscura y la pierna izquierda muy iluminada. «Mi pierna se caerá si se pone mucho más oscura», dijo. Luego bajó la cabeza hacia la oscuridad y preguntó: «¿Quiénes son ustedes?» y la Gente Extraña debía de estar allí aún porque contestaron «¡Juuu... Juu... Juu!», como si fueran búhos.

Empezó a darse cuenta de que la pierna no estaba tan oscura como fría y rígida, porque había hecho descansar la otra sobre ella demasiado tiempo, y también que estaba en un sillón en un cuarto iluminado. Tenía la cabeza relativamente despejada. Advirtió que lo habían drogado o hipnotizado, o las dos cosas, y sentía que estaba recuperando el control sobre su cuerpo, aunque aún se sentía muy débil. Escuchó con atención sin tratar de moverse.

—Esto me está cansando un poco, Weston, sobre todo porque lo que arriesgamos es mi dinero —estaba diciendo Devine—. Te aseguro que cumplirá su papel tan bien como el chico y en algunos aspectos, mejor. Pero pronto volverá en sí y tenemos que subirlo a bordo en seguida. Tendríamos que haberlo hecho hace una hora.

—El muchacho era ideal —decía Weston de malhumor—. Incapaz de servir a la humanidad y apto solo para seguir engendrando idiotez. Era el tipo de chico que en una comunidad civilizada sería entregado automáticamente a un laboratorio estatal para fines experimentales.

—Puede ser. Pero en Inglaterra es el tipo de muchacho en quien se interesaría con más probabilidad Scotland Yard. A este entrometido, en cambio, no lo extrañarán durante meses, y, aun entonces, nadie sabrá dónde estaba cuando desapareció. Vino solo. No dejó dirección. No tiene familia Y, por último, metió la nariz en este asunto por propia voluntad.

—Bueno, confieso que no me gusta. Después de todo, es humano. El chico era en realidad casi una... una cobaya. De todos modos, es solo un individuo y, probablemente, un individuo bastante inútil. Además estamos arriesgando nuestras propias vidas. En una gran causa...

—Por el amor de Dios, no empieces con esa monserga ahora. No tenemos tiempo.

—Estoy seguro de que habría consentido si le hubiéramos hecho comprender —contestó Weston.

—Agárralo por los pies y yo lo haré por la cabeza —dijo Devine.

—Si crees realmente que está volviendo en sí, sería mejor que le dieras otra dosis —dijo Weston—. No podemos irnos hasta que haya luz solar, y no sería agradable tenerlo luchando ahí adentro durante tres horas o más. Es mejor si no despierta hasta que hayamos salido.

—Es cierto. Vigílalo mientras subo a buscar otra dosis.

Devine salió del cuarto. Ransom vio a través de los ojos entrecerrados que Weston estaba de pie cerca de él. No podía prever cómo respondería su cuerpo, si es que lo hacía, a un súbito intento de movimiento, pero comprendió en seguida que debía aprovechar la oportunidad. Casi antes de que Devine hubiera cerrado la puerta se lanzó con todas sus fuerzas a los pies de Weston. El científico cayó hacia adelante atravesado sobre el sillón, y Ransom, apartándolo con un esfuerzo agónico, se puso de pie y se abalanzó hacia la sala. Estaba muy débil y se cayó al entrar, pero detrás de él estaba el terror y, en un par de segundos, había encontrado la puerta de la sala y se esforzaba con desesperación por abrir los cerrojos. La oscuridad y sus manos temblorosas jugaban en su contra. Antes de que hubiera podido abrir un solo cerrojo, sonaron pasos de botas detrás de él sobre el suelo sin alfombra. Lo agarraron de los hombros y las rodillas. Pateando, retorciéndose, bañado en sudor y gritando lo más alto que podía con la remota esperanza de que lo socorrieran, prolongó la lucha con una violencia de la que él mismo se hubiera creído incapaz. Durante un momento glorioso, la puerta estuvo abierta, el fresco aire nocturno le dio en la cara, vio las reconfortantes estrellas y hasta su propia mochila descansando en el porche. Luego sintió un golpe pesado en la cabeza. Lo último que percibió antes de perder la conciencia fue que lo aferraban manos fuertes que lo llevaban de vuelta al pasaje oscuro y el sonido de una puerta al cerrarse.

3

Cuando Ransom volvió en sí le pareció estar acostado sobre una cama, en un cuarto oscuro. Tenía un fuerte dolor de cabeza, y eso, combinado con un estado general de letargo, le impidió al principio levantarse a investigar su alrededor. Al llevarse la mano a la frente, notó que sudaba mucho, y eso le hizo advertir que el cuarto (si es que era un cuarto) era notablemente cálido. Cuando movió los brazos para apartar las sábanas tocó una pared sobre el lado derecho de la cama: no estaba solo cálida, sino ardiente. Movió la mano izquierda y notó que allí el aire era más fresco: al parecer, el calor venía de la pared. Se palpó la cara y descubrió una contusión sobre el ojo izquierdo. Eso le trajo a la memoria la pelea con Weston y Devine, y dedujo de inmediato que lo habían llevado a una habitación junto al horno del patio. Al mismo tiempo miró hacia arriba y reconoció el origen de la luz difusa, gracias a la cual, sin notarlo, había sido capaz de distinguir los movimientos de sus propias manos. Había una especie de tragaluz encima directamente de su cabeza: un cuadrado de cielo nocturno tachonado de estrellas. A Ransom le pareció que nunca había contemplado una noche tan clara. Palpitando brillantes como por un dolor o placer insoportables, apiñadas en multitudes compactas e incontables, con una claridad onírica, centelleando en una negrura perfecta, las estrellas absorbieron toda su atención, lo turbaron, lo excitaron y lo llevaron a sentarse. Al mismo tiempo aceleraron el latir de su dolor de cabeza, lo que le recordó que había sido drogado. Estaba elaborando la teoría de que la sustancia que le habían dado podía tener algún efecto sobre la pupila y que eso podía explicar el esplendor y la plenitud sobrenaturales del cielo, cuando una alteración de luz plateada en un rincón del tragaluz, casi un pálido amanecer en miniatura, volvió a hacerle levantar la cabeza. Minutos después, la esfera de la luna llena entró lentamente en su campo de visión. Ransom se quedó sentado inmóvil, mirándola. Nunca había visto una luna semejante: tan blanca, tan deslumbrante y tan grande. «Como una gran pelota de fútbol pegada al vidrio», pensó, y luego, un momento más tarde: «No, es más grande». Para entonces ya estaba completamente seguro de que algo andaba mal en sus ojos: no había luna que pudiera tener el tamaño de lo que estaba viendo.

La luz de la enorme luna, si es que era una luna, iluminaba ahora su entorno casi con tanta claridad como la luz del día. Era un cuarto muy extraño. El suelo era tan pequeño que la cama y una mesa que había a su lado ocupaban toda su extensión; el techo parecía ser casi dos veces mayor y las paredes se inclinaban hacia afuera según subían, de modo que Ransom tuvo la impresión de estar acostado en el fondo de una carretilla estrecha y profunda. Eso le confirmó la creencia de que tenía la vista temporal o permanentemente dañada. En otros aspectos, sin embargo, iba recuperándose con rapidez y hasta empezaba a sentir una anormal levedad de espíritu y una excitación nada desagradable. El calor seguía siendo opresivo y se sacó toda la ropa, con excepción de la camisa y los pantalones, antes de levantarse a investigar. El acto de ponerse en pie tuvo efectos desastrosos y despertó en su mente temores aún más graves sobre las consecuencias de estar drogado. Aunque no había sido consciente de realizar ningún esfuerzo muscular anormal, se encontró saltando de la cama con tal vigor que chocó la cabeza con violencia contra el tragaluz y se vio lanzado de nuevo hacia abajo, aplastado contra el suelo. Se encontraba sobre la pared opuesta, la pared que debería inclinarse hacia afuera como el lado de una carretilla, según su reconocimiento previo. Pero no era así. La tocó y la observó: se unía al suelo en ángulos inequívocamente rectos. Volvió a ponerse de pie, esta vez con más cuidado. Sentía el cuerpo extraordinariamente liviano: le resultaba difícil mantener los pies pegados al suelo. Por primera vez le cruzó por la mente la idea de que podía estar muerto y ser ya un fantasma. Se estremeció, pero un centenar de hábitos mentales le prohibían considerar esa posibilidad. En cambio, exploró su prisión. El resultado no daba lugar a dudas: todas las paredes parecían inclinarse hacia afuera como si el cuarto fuera más amplio en el techo que en el suelo, pero si uno estaba de pie a su lado y se agachaba y examinaba con el dedo el ángulo que formaba con el suelo, cada pared resultaba perfectamente perpendicular... no solo a la vista, sino también al tacto. El mismo examen reveló otros dos hechos curiosos. El cuarto tenía paredes y suelo de metal, y este se encontraba en un estado de vibración débil y continua: una vibración queda con un extraño efecto de cosa viva, no mecánica. Pero, aunque la vibración era silenciosa, había bastantes ruidos: una serie de golpeteos o percusiones musicales a intervalos bastante irregulares que parecían venir del techo. Era como si la cámara de metal en la que se encontraba fuera bombardeada con proyectiles pequeños, tintineantes. Ahora Ransom estaba totalmente asustado; no con el miedo trivial que sufre un hombre en la guerra, sino con un tipo de miedo intoxicante, frenético, que era difícil distinguir de su estado de excitación general —se encontraba suspendido en una especie de cuenca emotiva a partir de la cual sentía que podía pasar en cualquier momento a un terror delirante o a un éxtasis de gozo—. Ahora sabía que no estaba en una casa, sino en una embarcación en movimiento. Era evidente que no se trataba de un submarino, y el ínfimo temblor del metal no sugería el movimiento de un vehículo con ruedas. Así que se trataba de una nave, supuso, o algún tipo de aeronave… pero en todas sus sensaciones había un carácter extraño que no podía ser explicado por ninguna suposición. Confundido, volvió a sentarse sobre la cama y contempló la portentosa Luna.

Una aeronave, algún tipo de máquina voladora… pero ¿por qué la Luna se veía tan grande? Era mayor de lo que había creído al principio. Ninguna luna podía tener realmente ese tamaño, y ahora advertía que lo había sabido desde un principio, pero había reprimido el conocimiento con el terror. En el mismo instante recordó algo que le cortó la respiración: no podía haber luna llena esa noche. Recordaba con precisión que había caminado desde Nadderby en una noche sin luna. Aunque se le hubiera pasado por alto la delgada línea creciente de la luna nueva, no podía haber crecido hasta ese extremo en unas pocas horas. No podía haberse convertido en aquel disco megalomaníaco, mucho más grande que la pelota de fútbol con que lo había comparado al principio, más grande que el aro con el que juega un niño, llenando casi la mitad del cielo. ¿Y dónde estaba el viejo «hombre de la Luna», el rostro familiar que había mirado hacia abajo en todas las generaciones humanas? Aquel objeto no era la Luna en absoluto, y sintió que se le erizaba el cuero cabelludo.

En ese instante, el sonido de una puerta que se abría le hizo volver la cabeza. Un óvalo de luz centelleante apareció detrás de él y se desvaneció instantáneamente cuando la puerta volvió a cerrarse, dando paso a la forma maciza de un hombre desnudo en el que reconoció a Weston. Ningún reproche, ninguna petición de explicaciones acudió a los labios o a la mente de Ransom, no con esa esfera monstruosa sobre ellos. La simple presencia de un ser humano, que ofrecía al menos cierta compañía, rompió la tensión en la que habían estado sus nervios tanto tiempo, resistiéndose a un desánimo insondable. Al hablar, descubrió que sollozaba.

—¡Weston! ¡Weston! —jadeó—. ¿Qué es eso? No es la Luna, no con ese tamaño. No puede serlo, ¿verdad?

—No —contestó Weston—, es la Tierra.

4

Las piernas de Ransom cedieron y cayó otra vez sobre la cama, aunque se dio cuenta de eso minutos más tarde.

Por el momento era inconsciente de todo lo que no fuera su miedo. Ni siquiera sabía de qué estaba asustado: el miedo en sí ocupaba toda su mente, un recelo informe, infinito. No perdió la conciencia, aunque le hubiera gustado mucho poder hacerlo. Habría recibido con alivio indecible cualquier cambio: la muerte, el sueño o, mejor aún, un despertar que le mostrara que todo había sido un sueño. Nada vino en su ayuda. En vez de eso, el autocontrol de toda una vida de hombre social, las virtudes que son a medias hipocresía o la hipocresía que es a medias una virtud volvieron a él y pronto se encontró contestando a Weston en una voz que no temblaba vergonzosamente.

—¿Está seguro de lo que dice? —preguntó.

—Por supuesto.

—Entonces ¿dónde estamos?

—A ciento treinta y cinco mil kilómetros de la Tierra.

—¿Quiere decir que estamos... en el espacio? —Ransom pronunció la palabra con dificultad, como habla un niño temeroso de los fantasmas o un hombre asustado del cáncer.

Weston asintió.

—¿Para qué? —dijo Ransom—. ¿Y para qué diablos me secuestraron? ¿Y cómo lo han logrado?

Durante un instante Weston pareció no querer contestar; luego, como si lo hubiera pensado dos veces, se sentó en la cama junto a Ransom y le dijo lo siguiente:

—Supongo que si me ocupo de esas preguntas ahora, en vez de dejar que usted vuelva a molestarnos con ellas cada media hora durante el próximo mes, nos ahorraremos problemas. Respecto a cómo lo logramos, supongo que quiere decir cómo funciona la astronave, la pregunta no tiene sentido. A menos que usted fuera uno de los cuatro o cinco mejores físicos vivos no lo entendería, y si hubiera alguna posibilidad de que entendiera, tenga la seguridad de que no se lo explicaríamos. Si repetir palabras que no significan nada le hace feliz, que es, en realidad, lo que quieren las personas sin formación científica cuando piden que les expliquen algo, puedo decirle que marchamos gracias al aprovechamiento de las propiedades menos estudiadas de la radiación solar. En cuanto a por qué estamos aquí, nos encontramos de camino a Malacandra...

—¿Quiere decir una estrella llamada Malacandra?

—Es difícil que incluso una persona como usted suponga que vamos a salir del sistema solar. Malacandra está mucho más cerca; llegaremos en unos veintiocho días.

—No existe un planeta llamado Malacandra —objetó Ransom.

—Le estoy dando su verdadero nombre, no el que le pusieron los astrónomos terrestres —dijo Weston.

—Pero eso no tiene el menor sentido —repuso Ransom—. ¿Cómo demonios averiguaron su verdadero nombre, como usted dice?

—Por sus habitantes.

A Ransom le llevó cierto tiempo digerir esa información.

—¿Quiere decirme que afirma haber estado antes en esa estrella o planeta o lo que sea?

—Sí.

—No puede pretender en serio que le crea —dijo Ransom—. ¡No es cosa de todos los días! ¿Por qué no se ha enterado nadie? ¿Por qué no está en los periódicos?

—Porque no somos unos idiotas redomados —dijo Weston de mal humor.

Después de unos minutos de silencio, Ransom comenzó otra vez.

—¿Cómo se llama el planeta en nuestra terminología? —preguntó.

—Por primera y última vez: No se lo voy a decir —dijo Weston—. Si puede descubrirlo cuando estemos allí, bien por usted, pero no creo que tengamos mucho que temer de sus dotes científicas. Mientras tanto, no hay ninguna razón para que lo sepa.

—¿Y dice que ese lugar está habitado? —preguntó Ransom.

Weston le dirigió una mirada especial y luego asintió.

La intranquilidad que eso produjo en Ransom se vio sobrepasada rápidamente por una furia que casi había perdido de vista en medio de las emociones contradictorias que lo habían acosado.

—¿Y qué tiene que ver todo esto conmigo? —estalló—. Me han atacado, me han drogado y según parece me llevan prisionero en este aparato infernal. ¿Qué les he hecho? ¿Cómo se explica usted?

—Podría contestarle preguntando por qué se metió como un ladrón en mi patio. Si se hubiera ocupado de sus propios asuntos, no estaría aquí. Tal como están las cosas, debo admitir que hemos tenido que violar sus derechos. Mi única defensa es que los pequeños derechos deben dejar paso a los importantes. Según lo que sabemos, estamos haciendo algo que nunca se ha hecho en la historia del hombre, quizás nunca en la historia del universo. Hemos aprendido a saltar fuera de la partícula de materia sobre la que comenzó nuestra especie. El infinito y luego quizás la eternidad están al alcance de las manos de la raza humana. Usted no puede ser tan mezquino para pensar que los derechos o la vida de un individuo o de un millón de individuos tiene alguna importancia comparada con eso.

—Lo que pasa es que no estoy de acuerdo —dijo Ransom— y nunca lo estuve, ni siquiera respecto a la vivisección. Pero usted no ha contestado mi pregunta. ¿Para qué me quieren? ¿De qué puedo servirles en ese... en Malacandra?

—No lo sé —dijo Weston—. No fue idea nuestra. Solo obedecemos órdenes.

—¿De quién? Hubo otra pausa.

—Venga —dijo Weston finalmente—, en realidad es inútil continuar con este interrogatorio. Usted sigue haciendo preguntas que no puedo contestar: en algunos casos porque no conozco la respuesta, en otros porque usted no lo comprendería. Las cosas marcharán mejor durante el viaje si se limita a resignarse a su destino y deja de molestarse y molestarnos. Sería más simple si no tuviera una visión de la vida tan estrecha e individualista. Pensé que nadie dejaría de sentirse inspirado por el papel que le ha tocado a usted, que hasta un gusano, si pudiera entender, se ofrecería gozoso para el sacrificio. Desde luego me refiero al sacrificio del tiempo y la libertad, y a algún pequeño riesgo más. No me interprete mal.

—Bueno, usted tiene todas las cartas en la mano y yo debo arreglármelas lo mejor que pueda —dijo Ransom—. Considero que su visión de la vida es una locura delirante. Supongo que toda esa monserga sobre el infinito y la eternidad significa que

usted se cree justificado para hacer cualquier cosa, absolutamente
cualquier cosa, aquí y ahora, ante la remota posibilidad de que
una u otra criatura descendiente del hombre tal como lo conocemos
pueda arrastrarse unos pocos siglos más en alguna parte del
universo.

—Sí, cualquier cosa, sea lo que sea —replicó con firmeza el
científico— y cualquier opinión culta, porque yo no llamo tener
cultura a estudiar los clásicos y la historia y cualquier otra basura
por el estilo, está completamente a mi favor. Me alegro de que
haya traído el tema a colación, y le aconsejo que recuerde mi
respuesta. Entretanto, si tiene a bien seguirme al otro cuarto,
desayunaremos. Tenga cuidado al levantarse; aquí su peso es
apenas perceptible comparado con el que tenía en la Tierra.

Ransom se puso de pie y Weston abrió la puerta. El cuarto fue
inundado de inmediato por una destellante luz dorada que eclipsó
por completo el pálido resplandor terrestre a sus espaldas.

—Le daré unas gafas dentro de un momento —dijo Weston
mientras le precedía hacia la cámara desde la que se derramaba
el resplandor.

A Ransom le pareció que Weston subía por una colina hacia la
puerta y desaparecía de pronto hacia abajo al pasar por ella.
Cuando lo siguió, con cautela, tuvo la curiosa sensación de que
subía hasta el borde de un precipicio: más allá del umbral, la
nueva habitación parecía estar construida de lado, de modo que
la pared más alejada caía casi en el mismo plano que el suelo del
cuarto que estaba abandonando. Sin embargo, cuando se atrevió
a adelantar un pie, descubrió que el suelo continuaba de forma
pareja, y, mientras entraba en la segunda habitación, las paredes
se enderezaron de repente y el techo redondeado quedó sobre su
cabeza. Al mirar hacia atrás, percibió que, a su vez, el dormitorio
se estaba inclinando: el techo pasaba a ser una pared y una de
sus paredes, el techo.

—Ya se acostumbrará —dijo Weston, siguiendo la dirección
de su mirada—. La nave es más o menos esférica y ahora que
hemos salido del campo gravitatorio de la Tierra «abajo» está,
y se siente, en dirección al centro de nuestro pequeño mundo
metálico. Por supuesto, lo previmos y construimos la nave tenién-
dolo en cuenta. El núcleo es una esfera hueca (en su interior
tenemos los depósitos y la superficie de esa esfera es el suelo

sobre el que caminamos. Las cabinas están dispuestas a su alrededor, y sus paredes sostienen un globo externo que desde nuestro punto de vista es el techo. Como el centro siempre está «abajo», el trozo de suelo sobre el que estamos de pie siempre aparece como plano u horizontal y la pared contra la que nos situamos siempre parece vertical. Por otro lado, la esfera que hace las veces de suelo es tan pequeña que siempre se puede ver por encima del borde (por encima de lo que sería el horizonte si uno fuera una mosca) y es entonces cuando vemos el suelo y la pared de la cabina más cercana en un plano distinto. En la Tierra es igual, desde luego, aunque no tenemos la altura necesaria para verlo.

Después de esta explicación, Weston se ocupó, con sus modales precisos y sin gracia, de la comodidad de su invitado o prisionero. Siguiendo su consejo, Ransom se sacó toda la ropa y la cambió por un pequeño cinturón de metal provisto de enormes pesos para reducir, en la medida de lo posible, la ingobernable levedad de su cuerpo. También se puso gafas ahumadas, y pronto se encontró sentado frente a Weston ante una mesa preparada para desayunar. Tenía hambre y sed y atacó con vehemencia el desayuno, que consistía en carne en conserva, galletas, mantequilla y café. Pero todas esas acciones las realizó de forma mecánica.

Se desvistió, comió y bebió casi sin notarlo, y todo lo que iba a recordar más tarde de su primera comida en la astronave era la tiranía de la luz y el calor. Ambos estaban presentes con una intensidad que habría sido intolerable en la Tierra; sin embargo, poseían una nueva cualidad. La luz era más pálida que cualquier luz de la misma intensidad que Ransom hubiera visto; no era de un color blanco puro, sino del tono dorado más pálido imaginable y arrojaba sombras nítidas como las de un reflector. El calor, sin la menor proporción de humedad, parecía amasar y frotar la piel como un masajista gigantesco; no producía modorra, más bien una intensa animación. Su dolor de cabeza había desaparecido; se sentía alerta, valeroso y magnánimo como rara vez se había sentido sobre la Tierra. Se atrevió a levantar poco a poco los ojos hacia la escotilla. Estaba protegida con postigos de acero, excepto una estrecha abertura en el vidrio, que estaba cubierta con persianas de un material pesado y oscuro, pero aun así el brillo era demasiado intenso para la mirada.

—Siempre creí que el espacio era oscuro y frío —declaró Ransom perezosamente.

—¿Se olvidaba del Sol? —dijo Weston en tono despectivo.

Ransom siguió comiendo. Luego empezó a decir:

—Si es así por la mañana temprano... —Y se detuvo, advertido por la expresión de Weston. Un temor reverencial cayó sobre él: ahí no había mañanas, ni tardes, ni noches... nada fuera del inmutable mediodía que había llenado durante siglos en la historia tantos millones de kilómetros cúbicos. Volvió a mirar a Weston, pero este había alzado una mano.

—No hable —dijo—. Hemos discutido todo lo necesario. La nave no lleva oxígeno suficiente para ejercicios inútiles, ni siquiera para hablar.

Poco después se puso de pie, sin invitar al otro a que lo siguiera, y dejó la habitación por una de las numerosas puertas que Ransom no había visto hasta entonces.

El tiempo que Ransom pasó en la astronave tendría que haber sido de terror y ansiedad. Estaba apartado por una distancia astronómica de cualquier miembro de la raza humana excepto dos, de los cuales tenía excelentes razones para desconfiar. Se dirigía a un destino desconocido y era llevado allí con propósitos que sus captores se negaban a revelar con firmeza. Devine y Weston se turnaban a intervalos regulares en un cuarto al que nunca permitían entrar a Ransom y donde supuso que debían de estar los controles de la máquina. Cuando Weston lo vigilaba permanecía en un silencio casi total. Devine era más locuaz y a menudo hablaba y se reía con el prisionero hasta que Weston golpeaba la pared del cuarto de control y les advertía que no desperdiciaran aire. Pero Devine se mostraba reservado pasado cierto punto. Estaba dispuesto a reírse del solemne idealismo científico de Weston. El futuro de la especie o el encuentro de dos mundos no le importaban un rábano, decía.

—En Malacandra hay mucho más que eso —agregaba con un guiño. Pero cuando Ransom le preguntaba qué más había, derivaba hacia la sátira y hacía declaraciones irónicas sobre la pesada carga del hombre blanco y las bendiciones de la civilización.

—¿Está habitado, entonces? —insistía Ransom.

—Ah... en estas cosas siempre hay un problema indígena —contestaba Devine.

Durante la mayor parte de la conversación se explayaba sobre lo que haría cuando regresara a la Tierra: viajes en yate por los mares, las mujeres más caras y un magnífico rincón en la Riviera eran sus planes principales.

—No me estoy arriesgando por pura diversión.

Las preguntas directas sobre el papel del propio Ransom chocaban por lo general con el silencio. Solo una vez Devine, que en opinión de Ransom no estaba sobrio, admitió que le estaban dejando «la peor parte del pastel».

—Pero estoy seguro de que representarás con honor los antiguos colores del colegio —agregó.

Como dije, todo eso era inquietante. Lo extraño era que no lo inquietaba demasiado. Es difícil para un hombre concentrarse en el futuro cuando se siente tan intensamente bien como se sentía Ransom entonces. Había una noche sin fin en un lado de la nave y un día sin fin en el otro. Los dos eran maravillosos, y Ransom pasaba de uno a otro a su voluntad, encantado. Se pasaba horas contemplando la escotilla durante las noches que provocaba con solo girar el picaporte de una puerta. Ya no se veía el disco de la Tierra; las estrellas, apretujadas como margaritas en un prado sin cuidar, reinaban perpetuas, sin nubes ni luna, ni amanecer que les disputara su poder. Había planetas de increíble majestad y constelaciones que superaban cualquier sueño; había zafiros, rubíes, esmeraldas y alfilerazos celestiales de oro ardiente. Lejos, sobre el rincón izquierdo de la imagen, colgaba un cometa, pequeño y remoto, y, entre medio de todo y por encima, mucho más intensa y palpable que en la Tierra, la oscuridad inconmensurable, enigmática. Las luces temblaban; parecían hacerse más brillantes a medida que las miraba. Estirado desnudo sobre la cama, como una segunda Dánae,[*] le resultaba cada vez más difícil no creer en la antigua astrología a medida que pasaban las noches: casi llegaba a experimentar e imaginaba por completo la «dulce influencia» derramándose o incluso penetrando en su cuerpo rendido. Todo era silencio salvo los irregulares sonidos tintineantes. Ahora sabía que los producían los meteoritos, partículas pequeñas y flotantes de materia universal que castigaban sin cesar aquel hueco tambor de acero, y adivinaba que en cualquier momento podían encontrarse con algo que tuviera el tamaño suficiente para convertir en meteoritos a la nave y sus ocupantes. Pero no podía tener miedo. Ahora admitía que Weston le había llamado mezquino con justicia cuando tuvo su primer ataque de pánico. La aventura era demasiado magnífica, la circunstancia demasiado grave para sentir cualquier emoción más allá de una profunda delicia. Pero los días —es decir, las horas que pasaba en el hemisferio soleado— eran lo mejor. A menudo se levantaba después de unas pocas horas de descanso para volver, arrastrado por una atracción irresistible, a las regiones

---

[*] Según la mitología griega, Dánae es la madre del rey Perseo, que tuvo con Zeus. Encerrada en una torre, este la visitaba en forma de lluvia de fuego. (*N. del t.*).

de luz. No podía dejar de maravillarse ante el mediodía que siempre esperaba, por más temprano que uno fuera a buscarlo. Allí, sumergido por completo en un baño de puro color etéreo y de fulgor implacable aunque inofensivo, tendido todo lo largo en la extraña carroza que los transportaba, con los ojos entrecerrados, estremeciéndose levemente, atravesando una profundidad tras otra de calma muy lejos del alcance de la noche, sentía que su cuerpo y su mente eran frotados, lavados y penetrados por una nueva vitalidad. En una de sus respuestas breves y malhumoradas, Weston admitió que había una base científica para semejantes sensaciones. Recibían, según dijo, muchas radiaciones que nunca habían entrado en la atmósfera terrestre.

Pero, a medida que pasaba el tiempo, Ransom fue consciente de un motivo distinto y más espiritual para el progresivo alivio y euforia de su corazón. Iban disminuyendo en él los efectos de una pesadilla originada hace tiempo en la mente moderna por la mitología que siguió al despertar de la ciencia. Había leído acerca del «espacio» y en el fondo de su pensamiento había acechado durante años la lúgubre imagen del vacío negro, frío, la horrible extensión muerta que según se suponía separaba los mundos. No había advertido cuánto le había afectado hasta ahora, ahora que la misma palabra «espacio» parecía una calumnia blasfema para este océano celestial de fulgor en el que navegaban. No podía llamarlo «muerto»; sentía que la vida se derramaba desde él hacia su cuerpo en todo momento. ¿Y cómo podía ser de otro modo, si de aquel océano habían surgido todos los mundos y su vida? Lo había imaginado estéril, pero ahora sabía que era la matriz de los mundos, cuya descendencia llameante e incontable miraba hacia abajo todas las noches, incluso sobre la Tierra, con tantos ojos... ¡y aquí, con cuántos más! No, *espacio* era una palabra equivocada. Los antiguos pensadores habían sido más sensatos al llamarlo «los cielos», los cielos que proclamaban la gloria, los

> climas felices que se tienden
> donde el día nunca cierra el ojo
> en los vastos campos celestiales.

Recitó con cariño las palabras de Milton en esa y otras ocasiones.

Por supuesto, no se pasaba todo el tiempo tomando sol. Exploró la nave (hasta donde le permitían), pasando de un cuarto a otro con los movimientos lentos que ordenaba Weston, por temor a que el ejercicio disminuyera la provisión de aire. Debido a su forma, la astronave tenía muchas cámaras fuera de uso, pero Ransom se inclinaba a pensar que sus propietarios, o al menos Devine, pretendían llenarlas con algún tipo de carga en el viaje de vuelta. Mediante un proceso insensible se convirtió además en el mayordomo y cocinero del grupo; en parte, porque encontraba natural compartir los únicos trabajos que podía realizar —nunca le permitieron entrar en el cuarto de control— y en parte por anticiparse a la tendencia que mostraba Weston de convertirlo en sirviente, le gustara o no. Prefería trabajar como voluntario antes que hacerlo en una esclavitud aceptada, y le gustaba mucho más su forma de cocinar que la de sus dos compañeros.

Esas tareas fueron las que le permitieron oír, al principio involuntariamente y luego con alarma, una conversación ocurrida, según estimó, un par de semanas después del comienzo del viaje. Había limpiado los restos de la comida de la noche, se había bañado en la luz solar, había charlado con Devine (mejor compañía que Weston, aunque para Ransom era el más odioso de los dos) y se había retirado a dormir a la hora de costumbre. No podía dormir y, después de aproximadamente una hora, recordó que se había olvidado de preparar en la cocina dos o tres cosas que le facilitarían el trabajo por la mañana. La cocina se abría sobre la sala mayor o cuarto diurno y su puerta estaba cerca de la de la sala de control. Se levantó y se dirigió a ella de inmediato. Iba desnudo y descalzo.

La escotilla de la cocina caía sobre el lado oscuro de la nave, pero Ransom no encendió la luz. Dejar la puerta entreabierta era suficiente, ya que permitía entrar una faja brillante de luz solar. Como comprenderá cualquiera que realice tareas domésticas, descubrió que los preparativos para la mañana siguiente habían resultado más incompletos de lo que pensaba. La práctica le permitió realizar su tarea con efectividad y en silencio. Acababa de terminar y se estaba secando las manos con el paño que había tras la puerta cuando oyó que se abría la del cuarto de control y vio la silueta de un hombre. Dedujo que era la de Devine. Este no se adelantó hasta la sala; se quedó parado y hablando, aparentemente hacia la cámara de control. Fue así como Ransom pudo oír con nitidez lo que decía Devine, pero no las respuestas de Weston.

—Creo que sería una maldita estupidez —decía Devine—. Si estuvieras seguro de encontrar esos animales en el lugar donde bajemos, podría tener algún sentido. Pero supón que tengamos que movernos a pie. Con tu plan, lo único que ganaríamos sería cargar con un hombre drogado y su equipaje, en vez de dejar que un hombre despierto camine con nosotros y comparta el trabajo.

Aparentemente, Weston contestó.

—Pero él no puede averiguarlo —replicó Devine—. A menos que alguien sea tan idiota para decírselo. Sea como fuere, aunque sospeche, ¿crees que un hombre como ese puede tener las tripas necesarias para escaparse en un planeta extraño? ¿Sin comida?, ¿sin armas? Ya verás cómo come de mi mano apenas vea un sorn.

Ransom volvió a oír el sonido confuso de la voz de Weston.

—¿Cómo puedo saberlo? —dijo Devine—. Puede ser una especie de cacique o más probablemente un brujo.

Esta vez surgió una frase corta del cuarto de control, según parecía, una pregunta. Devine contestó en seguida.

—Eso explicaría para qué lo quieren.

Weston le preguntó algo más.

—Un sacrificio humano, supongo. Al menos, no sería humano desde el punto de vista de ellos; no sé si me explico.

Esta vez Weston tenía una buena cantidad de cosas que decir y provocó la risita característica de Devine.

—Está bien, está bien —dijo—. Se da por sentado que estás haciendo todo esto por los motivos más elevados. Mientras lleven a los mismos resultados que mis motivos, bienvenido seas.

Weston prosiguió y esta vez Devine pareció interrumpirlo.

—No te estás echando atrás, ¿verdad? —preguntó. Se quedó en silencio un momento, como si escuchara. Por último replicó—: Si tanto te gustan esas bestias, sería mejor que te quedaras y procrearas con ellas... si es que tienen sexo, lo que todavía no sabemos. No te preocupes. Cuando llegue el momento de sanear el lugar te guardaremos una o dos para ti y podrás tenerlas como animalitos mimosos o viviseccionarlos o dormir con ellos, o las tres cosas a la vez, lo que más te guste... Sí, ya sé. Soy un tipo repugnante. Era solo una broma. Buenas noches.

Un momento después, Devine cerró la puerta de la sala de control, cruzó la sala y entró en su cabina. Ransom oyó cómo pasaba el cerrojo a la puerta, según una costumbre invariable y enigmática. La tensión con que había escuchado se relajó. Descubrió que había estado reteniendo el aliento y volvió a respirar profundamente. Luego salió con precaución a la sala.

Aunque sabía que lo más prudente era volver a la cama lo más rápido posible, se encontró de pie, inmóvil en la gloria ya familiar de la luz, contemplándola con una nueva y poderosa emoción. Dentro de poco iban a descender más allá de este cielo, de estos climas felices: ¿hacia qué? Sorns, sacrificios humanos, repugnantes monstruos sin sexo. ¿Qué era un sorn? Ahora su función estaba clara. Algo o alguien había enviado a buscarlo. Era difícil que fuese a él, personalmente. Ese ser quería una víctima, cualquier víctima, de la Tierra. Habían escogido a Ransom porque el encargado de elegir había sido Devine. Advirtió por primera vez —descubrimiento a todas luces tardío y asombroso— que Devine lo había odiado durante todos esos años con la misma intensidad con que él odiaba a Devine. Pero ¿qué era un sorn? «Cuando viera un sorn comería de la mano de Devine». Su mente, como tantas otras de su generación, estaba ricamente provista de espectros. Había leído a H. G. Wells y a otros autores. Su universo estaba poblado de horrores ante los que apenas podían rivalizar las mitologías antiguas o medievales. Cualquier abominable insectil, vermiforme o crustáceo, cualquier antena crispada, ala áspera, espiral viscosa o tentáculo enroscado, cualquier unión monstruosa entre una inteligencia sobrehumana y una crueldad insaciable le parecían adecuados para un mundo extraño. Los sorns serían..., serían..., no se atrevía a pensar cómo serían los sorns. Y lo iban a entregar a ellos. Entregado, ofrecido, ofertado. En su imaginación veía diversas monstruosidades incompatibles: ojos bulbosos, quijadas que parecían muecas, cuernos, aguijones, mandíbulas. El asco a los insectos, el asco a las serpientes, el asco a las cosas que se arrastran o chapotean blandamente, todos ejecutaban sus horribles sinfonías sobre sus nervios. Pero la realidad sería peor, sería lo Otro, algo extraterrestre, algo en lo que nunca había pensado, en lo que nunca podría haber pensado. En ese momento Ransom tomó una decisión. Podía enfrentarse a la muerte, pero no a los sorns. Si había alguna posibilidad, tenía que escapar cuando llegaran a Malacandra. Morir de hambre o incluso ser perseguido por los sorns sería mejor que ser entregado. Si la huida era imposible, se vería obligado a suicidarse. Ransom era creyente. Esperaba ser perdonado. No podía decidir otra cosa, así como no podía decidir el crecimiento de un nuevo miembro en su cuerpo. Sin vacilar, se escurrió hasta la cocina y tomó el cuchillo más afilado; de allí en adelante no se separaría de él.

El agotamiento producido por el terror era tal que, apenas regresó a la cama, cayó instantáneamente en un sopor alelado y sin sueños.

6

Se despertó recuperado y con un poco de vergüenza incluso por el terror que había sentido la noche anterior. Sin duda, su situación era grave; casi había que desechar hasta la posibilidad de regresar vivo a la Tierra. Pero la muerte podía ser enfrentada y el temor racional a la muerte, controlado. La verdadera dificultad era lo irracional, lo biológico, el horror a los monstruos, y lo encaró y llegó a aceptarlo lo mejor que pudo mientras yacía ante la luz del sol, después del desayuno. Tenía la impresión de que alguien que navega por los cielos, como él lo estaba haciendo, no debía sufrir un temor abyecto ante ningún ser ordinario. Llegó a pensar que su cuchillo podía penetrar en otra carne con la misma facilidad que en la suya. El estado de ánimo combativo era muy raro en Ransom. Como muchos hombres de su misma edad, subestimaba en vez de sobrevalorar su propia valentía: el abismo entre los sueños adolescentes y su experiencia real en la guerra había sido alarmante, y la visión consiguiente de sus propias cualidades antiheroicas quizás se había inclinado demasiado en la dirección opuesta. El temor a que su actual firmeza fuera una ilusión de corta vida le causaba cierta ansiedad, pero debía aprovecharla lo mejor que pudiera.

Mientras se sucedían las horas y el despertar seguía al sueño en aquel día eterno fue advirtiendo un cambio gradual. La temperatura bajaba lentamente. Volvieron a ponerse ropa. Más tarde, agregaron ropa interior de lana. Más tarde aún, encendieron una estufa eléctrica en el centro de la nave. Y también se hizo evidente, aunque el fenómeno era difícil de captar, que la luz era menos abrumadora que al principio del viaje. Se hizo evidente para la inteligencia comparativa, pero era difícil sentir lo que estaba ocurriendo como una disminución de luz e imposible pensarlo como un «oscurecimiento», porque si el fulgor cambiaba de intensidad, su propiedad sobrenatural seguía siendo exactamente igual a la primera vez que la había experimentado. No se mezclaba, como lo hace la luz cuando disminuye sobre la Tierra, con la humedad y los colores espectrales del aire. Ransom se dio cuenta de que podía dividirse en dos su intensidad y la mitad restante seguiría siendo como el todo: sencillamente menor, pero no distinta. Podía dividírsela otra vez en dos y el resultado seguiría siendo igual. Mientras existiera, sería ella misma; incluso más allá de esa distancia inimaginable donde se agotaba su poder. Trató de explicárselo a Devine.

—¡Como el jabón Thingummy! —Sonrió burlonamente Devine—. Puro jabón hasta la última burbuja, ¿eh?

Poco después, el curso uniforme de la vida en la astronave comenzó a perturbarse. Weston explicó que pronto comenzaría a sentir la atracción gravitatoria de Malacandra.

—Eso significa —dijo— que «abajo» ya no será el centro de la nave. Será «abajo» hacia Malacandra... lo que desde nuestro punto de vista significará bajo la sala de control. En consecuencia, los suelos de la mayor parte de las cabinas se convertirán en pared o techo y una de las paredes, en suelo. No va a ser agradable.

En lo que se refería a Ransom, el resultado de esa información fueron horas de pesado esfuerzo, durante las cuales trabajó hombro con hombro a veces con Devine, a veces con Weston, cuando sus turnos alternos de vigilancia los libraban de la sala de control. Bidones de agua, cilindros de oxígeno, armas, munición y víveres tuvieron que ser apilados sobre el suelo a lo largo de las paredes indicadas y acostados de modo que pudieran estar bien colocados cuando la nueva dirección «hacia abajo» entrara en vigor. Mucho antes de terminar el trabajo, comenzaron las sensaciones molestas. Al principio Ransom atribuyó el peso de sus miembros al esfuerzo, pero el descanso no aliviaba los síntomas, y le explicaron que, como respuesta al campo gravitatorio del planeta que los atraía, sus cuerpos se hacían realmente más pesados a cada minuto y duplicaban su peso cada veinticuatro horas. Se parecían a la experiencia de una mujer embarazada, pero aumentada casi más allá de lo soportable.

Al mismo tiempo, el sentido de la orientación —nunca muy fiable en la astronave— se perdía continuamente. Desde cualquier cabina de a bordo, el suelo de la próxima habitación siempre había parecido ir hacia abajo y se había sentido parejo: ahora parecía ir hacia abajo y se sentía solo un poco, como si también fuera realmente hacia abajo. Podía descubrirse que un almohadón arrojado sobre el suelo de la sala, horas más tarde, se había movido unos pocos centímetros hacia la pared. Todos tenían vómitos, dolor de cabeza y palpitaciones cardíacas. Las condiciones empeoraban hora tras hora. Pronto solo sería posible arrastrarse de cabina en cabina. El sentido de orientación desapareció en una confusión enfermiza. Partes de la nave estaban claramente abajo, si se tenía en cuenta que los suelos estaban al revés y que solo una mosca podría caminar sobre ellos, pero a Ransom ninguna parte le parecía estar indiscutiblemente en la posición correcta. Sensaciones de peso intolerable y de caída (inexistentes en los cielos) se repetían sin cesar. Por supuesto, habían dejado de cocinar totalmente. Agarraban la comida como podían y beber era muy difícil: uno nunca podía estar seguro de mantener la boca realmente debajo y no al lado de la botella. Weston se puso más huraño y silencioso que nunca. Devine, siempre con un frasco de licor en la mano, lanzaba extrañas blasfemias e indecencias y maldecía a Weston por haberlos traído. Ransom se sentía dolorido, se lamía los labios resecos, cuidaba sus miembros golpeados y rogaba que llegara el fin.

Llegó un momento en que un lado de la esfera estuvo inequívocamente abajo. Las mesas y las camas atornilladas colgaban inútiles y ridículas sobre lo que ahora era una pared o el techo. Las que habían sido puertas se convirtieron en escotillas, difíciles de abrir. Sus cuerpos parecían hechos de plomo. No quedaba trabajo por hacer cuando Devine extrajo de los fardos la ropa (la ropa para Malacandra) y se agachó sobre la pared del fondo de la sala (ahora el suelo) a mirar el termómetro. Ransom advirtió que las prendas incluían gruesa ropa interior de lana, chaquetas y guantes de piel y gorras con orejeras.

Devine no contestó a sus preguntas. Estaba absorto en el termómetro y le gritaba a Weston, que estaba en la sala de control.

—Más despacio, más despacio. Más despacio, maldito idiota. Entrarás en la atmósfera en uno o dos minutos. —Luego gritó con intensidad y furia—: ¡Ahora! Déjame a mí.

Weston no contestaba. No era común en Devine desperdiciar sus consejos: Ransom dedujo que el hombre debía estar fuera de sí, por la excitación o el miedo.

De pronto, las luces del universo parecieron disminuir. Como si un demonio hubiera pasado una esponja sucia sobre el rostro del cielo, el esplendor en el que habían vivido durante tanto tiempo pasó a ser un color gris pálido, melancólico y lamentable. Desde donde estaban sentados era imposible abrir los postigos o correr la pesada persiana. Lo que había sido una carroza deslizándose por los campos del cielo se convirtió en una oscura caja de acero apenas iluminada por la rendija de una ventana, cayendo. Caían fuera del cielo, hacia un mundo. En todas sus aventuras, nada penetró con tanta profundidad en la mente de Ransom como aquello. Se preguntaba cómo podía haber pensado alguna vez en los planetas, incluso en la Tierra, como en islas de vida y realidad flotando en un vacío muerto. Ahora, con una certeza que nunca iba a abandonarlo, veía los planetas (las «tierras» los llamaba mentalmente) como simples agujeros o grietas en el cielo viviente: desperdicios excluidos y rechazados de materia pesada y aire sombrío, formados no por adición, sino por sustracción a la claridad circundante. Y, sin embargo, pensó, más allá del sistema solar el brillo termina. ¿Es eso el verdadero vacío, la verdadera muerte? A menos que... se aferró a la idea, a menos que la luz visible sea también un agujero o una grieta, una simple disminución de algo más. Algo que es al inmutable cielo brillante lo que el cielo es a las tierras oscuras, pesadas...

No siempre las cosas ocurren como se espera. En el momento de su llegada a un mundo desconocido, Ransom se encontraba absorto en una especulación filosófica.

7

—¿Te estás echando una siestecita? —dijo Devine—. ¿Ya no te interesan los nuevos planetas?

—¿Puedes ver algo? —lo interrumpió Weston.

—No puedo abrir los postigos, maldita sea —contestó Devine—. Vamos a tener que salir por la escotilla.

Ransom salió de su ensimismamiento. Cerca de él, los dos socios se esforzaban en la penumbra. Tenía frío y, aunque su cuerpo seguía siendo mucho más liviano que en la Tierra, lo sentía intolerablemente pesado. Un vívido sentimiento de su situación volvió a él; sentía un poco de miedo, pero más bien curiosidad. Aquello podía significar la muerte, pero ¡qué cadalso! Desde fuera ya entraba aire fresco y luz. Movió la cabeza con impaciencia para captar algo por encima de los hombros en movimiento de los dos hombres. Un momento después sacaron el último tornillo. Estaba mirando a través de la escotilla.

Como era natural, lo único que vio fue el suelo: un círculo color rosa pálido, casi blanco; no podía distinguir si era vegetación baja, vista muy de cerca, o piedra muy cuarteada y granulosa, o tierra. La forma oscura de Devine llenó de inmediato la abertura, y Ransom tuvo tiempo de advertir que llevaba un revólver en la mano. «¿Para mí, para los sorns o para ambos?», se preguntó.

—Ahora usted —dijo Weston secamente.

Ransom aspiró profundamente y se llevó la mano al cuchillo oculto bajo el cinturón. Luego pasó la cabeza y los hombros por la escotilla, con las manos apoyadas sobre el suelo de Malacandra. La materia rosada era blanda y levemente elástica, como el caucho; sin duda, vegetación. Ransom levantó la cabeza en seguida. Vio un pálido cielo azul (lo que en la Tierra habría sido un buen cielo de mañana invernal) y, más abajo, una gran masa de color rosa que tomó por una nube y luego...

—Salga— dijo Weston detrás de él.

Gateó un poco y se puso de pie. El aire era frío pero soportable y parecía rasparle un poco en la garganta. Miró a su alrededor y la intensidad misma del deseo de captar el nuevo mundo de un vistazo lo defraudó. Solo vio colores, colores que se negaban a integrarse en cosas. Por otra parte, aún no conocía nada lo suficiente para verlo —uno no puede ver cosas si no sabe con cierta claridad qué son—. La primera impresión fue que se trataba de un mundo claro, pálido... un mundo pintado con la caja de acuarelas de un niño. Un momento más tarde reconoció la faja plana de color azul como una extensión de agua o de algo parecido al agua, que llegaba casi hasta sus pies. Estaban sobre la orilla de un lago o de un río.

—Vamos —dijo Weston, pasando de prisa junto a él. Se dio vuelta y vio con sorpresa en las cercanías un objeto bastante reconocible: una cabaña de forma inconfundiblemente terrestre, aunque estuviera construida con materiales extraños.

—Son humanos —dijo Ransom con voz ahogada—. ¿Construyen casas?

—La hicimos nosotros —dijo Devine—. Prueba otra vez. Y sacando una llave del bolsillo se dedicó a abrir un candado muy común que cerraba la puerta de la cabaña. Con un sentimiento incierto de desilusión o alivio, Ransom se dio cuenta de que sus captores simplemente regresaban a su propio campamento. Se comportaron como era de esperar. Entraron en la cabaña, bajaron las planchas de madera que hacían las veces de ventanas, olieron el aire estancado, se sorprendieron de que hubieran dejado todo tan sucio y luego volvieron a salir.

—Mejor que nos ocupemos del cargamento —dijo Weston.

Ransom descubrió pronto que iba a tener pocos momentos de ocio para dedicarse a la observación y ninguna oportunidad de escapar. El monótono trabajo de trasladar comida, ropa, armas y muchos bultos inidentificables desde la nave hasta la cabaña lo mantuvo ocupado intensamente, durante más o menos una hora, y en estrecho contacto con sus secuestradores. Pero había aprendido algo. Antes que nada había aprendido que Malacandra era hermoso, y meditó qué extraño era que dicha posibilidad nunca hubiera entrado en sus especulaciones sobre el planeta. El mismo giro particular de la imaginación que lo había llevado a poblar el universo con monstruos lo había predispuesto de algún modo a no esperar en un planeta extraño otra cosa que un páramo rocoso o, en su defecto, un conjunto de máquinas de pesadilla. Ahora que lo pensaba, no podía precisar por qué lo había hecho.

Descubrió además que el agua azul los rodeaba al menos por tres costados: en la cuarta dirección, la enorme pelota de acero que los había traído le obstaculizaba la visión. En efecto, la cabaña estaba construida sobre el extremo de una península o en la punta de una isla. También llegó poco a poco a la conclusión de que el agua no era simplemente azul bajo cierto tipo de luz, como el agua terrestre, sino realmente azul. La forma en que se comportaba bajo la ligerísima brisa que soplaba en ese momento lo confundía; había algo equivocado o anormal en las olas. Para empezar, eran demasiado grandes para semejante viento, pero eso no era todo. Le recordaban en cierto sentido la forma en que se levantaba el agua bajo el impacto de los proyectiles en las películas de batallas navales. De pronto comprendió: tenían una forma equivocada, de contorno anormal, demasiado altas para su tamaño, demasiado estrechas en la base, demasiado empinadas en los lados. Recordó algo que había leído de un poeta moderno acerca de un mar que se alzaba en «paredes con torrecillas».

—¡Toma! —gritó Devine. Ransom agarró el bulto y se lo lanzó a Weston, que estaba en la puerta de la cabaña.

La extensión de agua era grande por un lado. Cerca de cuatrocientos metros, calculó, aunque la perspectiva era complicada en ese mundo extraño. Por el otro, era mucho más estrecha, quizás no pasaba de los cinco metros y parecía correr sobre un bajío, un agua rompiente y arremolinada que hacía un sonido más suave y siseante que la de la Tierra, y donde bañaba la orilla cercana (la vegetación blanco rosácea bajaba hasta el mismo borde) había un burbujeo y un chispear que sugerían efervescencia. En los pocos vistazos que le permitía el trabajo, hizo lo posible por distinguir la costa opuesta. Al principio notó un objeto purpúreo, tan enorme que lo tomó por una montaña cubierta de arbustos; más allá de la extensión mayor de agua, había algo semejante. Pero allí podía ver que por encima se alzaban extrañas formas verticales de un color verde blancuzco: demasiado dentadas e irregulares para ser edificios, demasiado finas y empinadas para ser montañas. Más allá aún, aparecía otra vez la masa de color rosado y en forma de nube. Podía tratarse realmente de una nube, pero su aspecto era demasiado sólido y no parecía haberse movido desde que la vio por primera vez desde la escotilla. Era como la parte superior de una coliflor enorme o como un gigantesco bol con espuma jabonosa roja, y tanto sus matices como su forma eran exquisitos.

Desconcertado, volvió a concentrar su atención en la orilla más cercana, más allá del bajío. Durante un momento, la masa purpúrea se pareció a un conjunto de tubos de órgano, luego a una pila de rollos de tela apoyados sobre la punta, luego a un bosque de paraguas gigantes dados vueltas por el viento. Se movía levemente. De pronto sus ojos dominaron el objeto. La materia purpúrea era vegetación, concretamente verduras, verduras que duplicaban en tamaño a los olmos ingleses, pero al parecer blandas y frágiles. Los tallos —era difícil llamarlos troncos— se alzaban suaves y redondos, y sorprendentemente finos, hasta una altura de doce metros. Más arriba, las enormes plantas se abrían en un haz, no de ramas, sino de hojas, hojas amplias como botes salvavidas, pero casi transparentes. El conjunto coincidía con la idea que tenía de un bosque submarino; las plantas, al mismo tiempo tan grandes y frágiles, parecían necesitar agua para sostenerse, y se maravilló de que pudieran estar suspendidas en el aire. Más abajo, entre los tallos, vio el vívido crepúsculo púrpura moteado por la luz más pálida del sol, que creaba el paisaje interno del bosque.

—Hora de almorzar —dijo Devine de pronto.

Ransom se enderezó. A pesar del aire suave y frío tenía la frente húmeda. Habían trabajado con intensidad y le faltaba el aliento. Weston apareció en la puerta de la cabaña y murmuró algo acerca de «terminar primero». Sin embargo, Devine no le hizo caso. Sacaron una lata de carne en conserva y algunas galletas, y se sentaron sobre las cajas desparramadas entre la astronave y la cabaña. Sirvieron un poco de *whisky* en tazas de metal —una vez más por iniciativa de Devine y contra las advertencias de Weston— y lo mezclaron con agua; Ransom advirtió que la habían sacado de sus bidones y no del lago azul.

Como ocurre a menudo, el cese de la actividad física hizo que Ransom tomara conciencia de la excitación bajo la que había estado trabajando desde el aterrizaje. Comer le parecía casi innecesario. Sin embargo, pensando en un posible intento de fuga, se obligó a comer mucho más que de costumbre y el apetito aumentaba a medida que comía. Devoró todo lo que le cayó en las manos, ya fuera comida o bebida, y el sabor de esa primera comida siempre iba a estar asociado en su mente a la primera sensación de extrañeza extraterrestre (que nunca volvió a captar del todo) del paisaje claro, inmóvil, chispeante, ininteligible: formas aguzadas de color verde pálido que se alzaban a miles de metros de altura, extensiones de agua gaseosa de un azul destellante y kilómetros cuadrados de espuma rosa rojiza. Temía un poco que sus compañeros pudieran sospechar de su extraño apetito, pero estaban concentrados en otra cosa. Sus ojos no dejaban de vagar por el paisaje; hablaban abstraídamente, cambiaban a menudo de posición y se pasaban el tiempo mirando por encima del hombro. Ransom acababa de terminar su larga comida cuando vio que Devine se ponía tieso como un perro y apoyaba en silencio una mano sobre el hombro de Weston. Ambos asintieron. Se pusieron de pie. Ransom, tragando el último resto de *whisky*, también se levantó. Se encontró flanqueado por sus dos captores. Ambos llevaban revólveres. Lo condujeron a la costa de la corriente más estrecha, y miraban y señalaban hacia la otra orilla.

Al principio Ransom no pudo ver con claridad qué estaban señalando. Entre las plantas purpúreas parecía haber otras más pálidas y delgadas que no había notado. No pudo prestarles mucha atención porque tenía los ojos clavados en el suelo, tal era el temor obsesivo que sentía su mente moderna hacia los reptiles o insectos. Lo que atrajo su mirada fueron los reflejos de los nuevos objetos blancos en el agua: largos, moteados, blancos reflejos inmóviles sobre la corriente; cuatro o cinco, no, seis, para ser precisos. Levantó la cabeza. Había seis cosas blancas. Cosas en formas de huso y endebles, dos o tres veces más altas que un hombre. Lo primero que se le ocurrió fue que se trataba de imágenes de hombres, realizadas por artistas primitivos. Había visto cosas parecidas en libros de arqueología. Pero ¿de qué material estaban hechos y cómo podían sostenerse con piernas tan demencialmente delgadas y pechos tan protuberantes? Parecían imágenes distorsionadas, flexibles y envaradas de los bípedos terrestres... como reflejos en un espejo deformante de feria. Con seguridad no eran de piedra o metal, porque parecían balancearse un poco. En ese momento comprendió, con un sobresalto que le heló la sangre, que estaban vivos, que se estaban moviendo, que venían hacia él. Tuvo una visión momentánea y terrorífica de sus rostros, delgados y anormalmente largos, con narices largas y colgantes, y bocas de una solemnidad medio espectral medio idiota, que también colgaban. Luego se volvió con violencia para huir y descubrió que Devine lo tenía agarrado.

—Déjame ir —gritó.

—No seas tonto —siseó Devine, apuntándolo con la pistola. Entonces, mientras luchaban, uno de los seres hizo llegar su voz por encima del agua, una voz que pasó sobre sus cabezas como el sonido de un enorme cuerno de caza.

—Quieren que crucemos —dijo Weston.

Los dos hombres lo llevaron a la fuerza hasta el borde del agua. Plantó los talones, arqueó la espalda y se resistió como un burro envarado. Ahora los otros dos estaban en el agua, tirando de él mientras él seguía en tierra. Descubrió que estaba chillando. De pronto un segundo sonido, mucho más alto y menos articulado que el primero, brotó de las criaturas de la otra orilla. Weston también gritó, soltó a Ransom y disparó súbitamente el revólver, no a través del agua, sino sobre ella. Ransom comprendió al instante por qué lo hacía.

Una línea de espuma, parecida a la huella de un torpedo, venía, acelerada, hacia ellos, y en su centro había una bestia grande, brillante. Devine soltó una maldición, resbaló y cayó al agua. Ransom vio que una mandíbula chasqueante se interponía entre los dos y oyó el ruido ensordecedor del revólver de Weston una y otra vez detrás de él y, casi con la misma intensidad, el clamor de los monstruos de la orilla opuesta, que también parecían estar entrando en el agua. No necesitó decidirse. Apenas se vio libre se abalanzó automáticamente hacia adelante, dejando atrás a sus captores y luego a la astronave, y siguió a la máxima velocidad que le permitían sus piernas hacia la zona completamente desconocida que se extendía más allá. En cuanto pasó alrededor de la esfera de metal, sus ojos se encontraron con una confusión feroz de azul, púrpura y rojo. No disminuyó la marcha para investigar. Chapoteó a través del agua y gritó, no de dolor sino de sorpresa porque el agua estaba caliente. En menos de un minuto estaba alcanzando otra vez tierra firme. Subía corriendo una pendiente empinada. Y ahora corría entre la sombra purpúrea que se tendía entre los tallos de otro bosque de plantas enormes.

8

Un mes de inactividad, una comida pesada y un mundo desconocido no ayudan a que un hombre corra. Media hora después, Ransom caminaba, no corría, a través del bosque, apretándose el costado dolorido con una mano y esforzándose por oír ruidos de persecución. El estruendo de disparos de revólver y voces (no todas humanas) fue reemplazado primero por disparos de rifle y gritos espaciados y luego por un completo silencio. Hasta donde le alcanzaba la vista solo podía ver los tallos de las grandes plantas rodeándolo y alejándose en la sombra violácea, y, muy por encima de su cabeza, la múltiple transparencia de las hojas enormes filtrando la luz del sol para convertirla en el solemne esplendor crepuscular en el que caminaba. Cada vez que se sentía capaz volvía a correr. El terreno seguía siendo blando y esponjoso, cubierto por la misma hierba elástica que había sido su primer contacto con Malacandra. En una o dos ocasiones, un animalito rojo cruzó corriendo el sendero, pero fuera de eso no parecía haber vida en el bosque; nada que temer... salvo el hecho de vagar sin provisiones y solo en un monte de vegetación desconocida a miles o millones de kilómetros del alcance o del conocimiento del ser humano.

Pero Ransom estaba pensando en los sorns; porque, sin duda, esos seres a quienes habían tratado de entregarlo eran los sorns. Resultaron ser distintos a los horrores que había conjurado su imaginación y por eso lo habían sorprendido con la guardia baja. Se apartaban de las fantasías wellsianas para acercarse a un complejo de terrores más primitivo, más infantil, gigantes... ogros... fantasmas... esqueletos, esas eran las palabras claves. Fantasmas zancudos, se dijo; espectros surrealistas de largo rostro. Al mismo tiempo, el pánico incapacitador de los primeros momentos iba disminuyendo. Ahora ya no pensaba en el suicidio; estaba decidido, en cambio, a llevar su suerte hasta el fin. Oró y tocó el cuchillo. Sentía un extraño sentimiento de confianza y afecto hacia sí mismo, que controló hasta el punto de decir: «Nos vamos a apoyar mutuamente».

El terreno se hizo dificultoso y lo sacó de su ensimismamiento. Había estado subiendo una suave pendiente durante algunas horas, con una cuesta más inclinada a su derecha, aparentemente en una mezcla de ascensión y rodeo de una colina. Ahora el sendero comenzó a cruzar una serie de lomas, sin duda estribaciones del terreno más alto que había a la derecha. No supo por qué tenía que cruzarlas, pero por alguna razón lo hizo; quizás un confuso recuerdo de la geografía terrestre le sugirió que la región más baja se abriría en claros entre el bosque y el agua, y allí los sorns tendrían más oportunidades de atraparlo. Mientras seguía cruzando lomas y hondonadas le sorprendió la extrema inclinación con que bajaban, pero por algún motivo no eran muy difíciles de cruzar. Notó además que hasta las más pequeñas acumulaciones de tierra eran de forma distinta a las terrestres: demasiado estrechas, demasiado aguzadas en la parte superior y demasiado pequeñas en la base. Recordó que las olas de los lagos azules tenían cualidades igualmente extrañas. Y, levantando la cabeza hacia las hojas purpúreas, vio que allí se repetía el mismo tema de la perpendicularidad: el mismo impulso hacia el cielo. No se doblaban en los extremos; enormes como eran, el aire bastaba para sostenerlas, de modo que las largas galerías del bosque se alzaban hasta una especie de decoración geométrica en forma de abanicos. Lo mismo pasaba con los sorns —se estremeció al pensarlo—, ellos también eran alargados hasta lo imposible.

Tenía conocimientos científicos suficientes para suponer que debía de encontrarse en un mundo más ligero que la Tierra, donde se necesitaba menos esfuerzo y la Naturaleza se veía libre de seguir su impulso hacia el cielo en una escala muy superior a la terrestre. Eso le llevó a preguntarse dónde estaba. No podía recordar si Venus era más grande o más pequeño que la Tierra, y tenía la impresión de que debía de ser más caluroso que ese sitio. Quizás estaba en Marte, quizás en la Luna. Al principio rechazó esta última posibilidad basándose en que de ser así tendría que haber visto la Tierra en el cielo cuando aterrizaron, pero luego recordó haber oído que una de las caras de la Luna siempre permanecía retirada de la Tierra. Al parecer vagaba por el lado oculto de la Luna y, por algún motivo irracional, esa idea lo hundió en una desolación aún más penosa que la que había sentido hasta entonces.

En muchos de los torrentes que cruzaba ahora había agua, corrientes azules y silbantes que se precipitaban hacia el terreno más bajo de la izquierda. Estaban calientes como el lago y el aire

era cálido sobre ellas, de modo que, mientras subía y bajaba los
lados de las hondonadas, la temperatura variaba sin cesar a su
alrededor. Fue el contraste, al llegar a la cima opuesta de una de
esas pequeñas cañadas, lo que atrajo su atención por primera vez
hacia el frío creciente del bosque, y mientras miraba a su alrededor
advirtió que a su vez la luz disminuía. No había tenido en cuenta
la noche. No podía saber cómo sería la noche en Malacandra.
Mientras estaba de pie mirando la penumbra en aumento, un
soplo de viento frío se movió entre los tallos purpúreos y los agitó,
revelando una vez más el asombroso contraste entre su tamaño y
lo flexible y frágil de su apariencia. El hambre y el cansancio,
mantenidos a raya hasta ese momento por la mezcla de miedo y
maravilla de la situación, cayeron de pronto sobre él. Tiritó y se
obligó a seguir adelante. El viento aumentaba. Las poderosas hojas
danzaban y se zambullían sobre su cabeza, dejando entrever un
cielo cada vez más pálido y luego, por desgracia, un cielo con una
o dos estrellas. El bosque ya no estaba en silencio. Sus ojos iban
de un lado a otro en busca de un enemigo y solo descubría la
rapidez con que aumentaba la oscuridad. Ahora bendecía las
corrientes de agua por su calor.

Fue eso lo que le sugirió una posible protección contra el frío
en aumento. En realidad era inútil seguir; por lo que sabía, tanto
podía estar yendo hacia el peligro como alejándose de él. Todo
era peligroso, no estaba más seguro viajando que descansando.
Junto a un arroyo podía haber el calor necesario para acostarse.
Siguió arrastrando los pies en busca de otra cañada, y el trayecto
se hizo tan largo que comenzó a pensar que había salido de la
zona donde abundaban. Casi se había decidido a volver atrás
cuando el terreno empezó a descender; resbaló, recuperó el equilibrio y se encontró en la orilla de un torrente. Los árboles (porque
no podía dejar de considerarlos árboles) no llegaban a unirse
arriba y el agua parecía tener cierta tenue cualidad fosforescente,
de modo que allí había más luz. La cuesta que iba de derecha a
izquierda era muy aguda. Llevado por un vago deseo de turista
de encontrar un lugar «mejor», avanzó unos pocos metros río
arriba. El valle se hacía más empinado y llegó a una pequeña
catarata. Notó, adormecido, que el agua parecía bajar con demasiada lentitud si se tenía en cuenta la inclinación, pero estaba muy
cansado para especular sobre el asunto. El agua parecía más cálida

que la del lago... quizás estaba más cerca de la fuente de calor subterráneo. Lo que realmente le hubiera gustado saber era si se animaría a beber. Ahora tenía mucha sed, pero el agua parecía muy venenosa, muy distinta a la verdadera. No bebería; quizás estaba tan cansado que la sed lo dejaría dormir. Cayó de rodillas y se lavó las manos en el torrente cálido, luego rodó hasta un hueco que estaba junto a la cascada y bostezó.

El sonido de su propio bostezo —el viejo sonido oído en habitaciones infantiles, en dormitorios de estudiantes y en tantas alcobas— lo llenó de autocompasión. Levantó las rodillas y se abrazó a sí mismo; sentía un amor físico, casi filial, por su propio cuerpo. Se llevó el reloj de pulsera a la oreja y descubrió que se había parado. Lo golpeó. Murmurando, medio sollozando para sí mismo, pensó en hombres yéndose a dormir en el lejano planeta Tierra, hombres en clubes y en buques y en hoteles, hombres casados y niños pequeños que dormían con niñeras en su cuarto, hombres acalorados que olían a tabaco y se tumbaban en castillos de proa o en canoas. La tendencia a hablar consigo mismo se hizo irresistible... «Te vamos a cuidar, Ransom... Nos vamos a defender mutuamente, viejo». Se le ocurrió que uno de aquellos animales de mandíbulas chasqueantes podía vivir en ese río. «Tienes razón, Ransom —contestó entre dientes—. No es un lugar seguro para pasar la noche. Descansaremos un momento hasta que te sientas mejor, después seguiremos. Ahora no. Más tarde».

9

Fue la sed lo que lo despertó. Había dormido sin frío, aunque tenía la ropa mojada, y se encontró tendido al sol, con la cascada azul saltando y titilando a su lado con todos los matices transparentes de azules y lanzando luces extrañas que subían hasta el envés de las hojas de las plantas. La conciencia de su situación, mientras volvía pesadamente en sí, fue insoportable. Con que tan solo no hubiera perdido los nervios, los sorns ya lo habrían matado. Luego recordó con alivio indecible que había un hombre vagando en el bosque, un pobre tipo con quien le gustaría volver a encontrarse. Se acercaría a él y le diría: «Hola, Ransom…». Se detuvo, perplejo. No, era él mismo; él era Ransom. ¿O no? ¿Quién era el hombre a quien había conducido hasta un arroyo caliente y a quien había arropado, indicándole que no bebiera del agua extraña? Obviamente, algún recién llegado que no conocía el lugar tan bien como él. Pero, a pesar del consejo de Ransom, ahora iba a beber. Se inclinó sobre la orilla y hundió la cara en el cálido líquido torrentoso. Se podía beber. Tenía un fuerte sabor mineral, pero estaba muy bueno. Bebió por segunda vez y se encontró magníficamente aliviado. Todo el asunto sobre el otro Ransom no tenía sentido. Era muy consciente del peligro de volverse loco y se entregó con vigor a sus oraciones y aseo personal. No era que la locura importara mucho. Quizás ya estaba loco, y no estaba realmente en Malacandra, sino a salvo, en la cama de algún manicomio inglés. ¡Ojalá fuera así! Le preguntaría a Ransom… ¡Maldición!, ahí estaba su mente jugándole otra vez malas pasadas. Se puso en pie y empezó a caminar con decisión.

Mientras duró esa etapa del viaje, las alucinaciones volvieron cada pocos minutos. Así que aprendió a permanecer mentalmente sereno, y las dejaba circular por su cerebro. Era inútil preocuparse. Cuando se fueran recobraría la cordura. El problema de la comida era mucho más importante. Comprobó cómo era uno de los «árboles» con el cuchillo. Como esperaba, era blando y flexible como una verdura, no duro como la madera. Cortó un trocito y, al hacerlo, todo el gigantesco organismo vibró hasta arriba: era como sacudir con una sola mano el mástil de una embarcación a toda vela. Cuando se lo puso en la boca casi no le encontró sabor, aunque no era nada desagradable, y lo masticó durante unos minutos con placer. Pero no fue más allá. La sustancia era bastante intragable y solo se la podía usar como goma de mascar. Fue lo que hizo, con ese y muchos más trozos, no sin cierta satisfacción.

Era imposible continuar la huida del día anterior como tal; esta degeneró inevitablemente en un paseo sin fin, vagamente motivado por la búsqueda de alimentos. La búsqueda era necesariamente vaga, ya que no sabía si en Malacandra crecía algo que pudiera servirle de alimento ni cómo reconocerlo si lo era. Se llevó un buen susto por la mañana, cuando al pasar a través de un claro un poco más abierto, advirtió primero un objeto grande y amarillo, luego dos y por último una indefinida multitud que venía hacia él. Antes de que pudiera huir se encontró rodeado por un rebaño de enormes criaturas pálidas cubiertas de pelo, a las que encontró más parecidas a las jirafas que a cualquier otra cosa, salvo porque podían alzarse, y lo hacían sobre las patas traseras y hasta daban pasos en esa posición. Eran más delgadas y mucho más altas que las jirafas, y estaban arrancando y comiendo las hojas de las plantas purpúreas. Lo vieron y lo contemplaron con sus grandes ojos líquidos, bufando en *basso profondissimo*, pero era evidente que no abrigaban intenciones hostiles. Su apetito era feroz. En cinco minutos mutilaron la copa de centenares de «árboles», lo que permitió que entrara la luz del sol en el bosque. Luego siguieron su camino.

El episodio tuvo un efecto infinitamente reconfortante en Ransom. A diferencia de lo que había pensado en un principio, en el planeta había otros tipos de vida aparte de los sorns. Esos animales eran una especie presentable, que el hombre podía domesticar, y cuyo alimento quizás podía compartir. ¡Si fuera posible trepar a los «árboles»! Miraba hacia arriba con la idea de intentar la hazaña, cuando notó que el destrozo ocasionado por los animales comedores de hojas había abierto un paisaje que se tendía más allá de la copa de las plantas hasta un grupo de objetos blanco verdosos, como los que había visto al otro lado del lago cuando aterrizaron.

Esta vez estaban mucho más cerca. Eran enormemente altos, tanto que tuvo que echar la cabeza hacia atrás para verlos hasta la cúspide. Tenían forma de pilones, pero macizos; eran de altura irregular y parecían agruparse de modo azaroso y desordenado. Algunos terminaban en puntas que parecían agudas como agujas desde donde estaba, mientras que otros, después de estrecharse hacia la cima, volvían a expandirse en protuberancias o plataformas que a sus ojos terrestres parecían a punto de caer en cualquier momento. Notó por primera vez que los lados eran más ásperos y surcados de hendiduras, y entre dos de ellas vio una línea inmóvil de esplendor azul entretejido; obviamente una lejana caída de agua. Fue eso lo que lo convenció por fin de que los objetos, a pesar de su forma improbable, eran montañas, y, al descubrirlo, la propia rareza del espectáculo se tiñó de cierta sublimidad fantástica. Comprendió que allí estaba la exposición definitiva del tema perpendicular que interpretaban tanto las bestias como las plantas y el terreno en Malacandra, allí, en aquel amasijo rocoso, saltando y lanzándose hacia el cielo como chorros sólidos surgidos de una fuente de piedra, y suspendidas en el aire gracias a su propia levedad, tan nítidas, tan alargadas, que a partir de entonces cualquier montaña terrestre iba a parecerle una montaña apoyada de lado. Sintió felicidad y alivio en el corazón.

Pero su corazón se detuvo al momento siguiente. Contra el pálido fondo de las montañas y bastante cerca de él —porque las montañas parecían estar a solo medio kilómetro de distancia— apareció una forma en movimiento. La reconoció de inmediato mientras pasaba lenta (y furtiva, pensó) entre dos de los tallos sin hojas de las plantas: la estatura gigantesca, la delgadez cadavérica, el perfil de brujo, largo, colgante de un sorn. La cabeza parecía ser estrecha y cónica; las manos o garras con las que apartaba los tallos ante él cuando se movía eran delgadas, movedizas, arácnidas y casi transparentes. Sintió la certeza inmediata de que lo buscaba a él. Todo eso le llevó una fracción de segundo. La imagen imborrable no había terminado de estamparse en su cerebro cuando ya corría a la máxima velocidad posible internándose en el bosque.

No tenía planes definidos salvo poner todos los kilómetros posibles de distancia entre él y el sorn. Rogó con fervor que hubiera solo uno. Quizás el bosque estaba lleno, quizás tenían la inteligencia suficiente para formar un círculo a su alrededor. No importaba, por ahora lo único que podía hacer era correr, correr cuchillo en mano. El miedo había pasado a ser acción; emocionalmente se sentía frío y alerta y preparado como nunca para la última prueba. La huida lo llevó colina abajo a velocidad creciente; pronto la inclinación fue tan pronunciada que si su cuerpo hubiera estado bajo los efectos de la gravedad terrestre se habría visto obligado a bajar gateando sobre manos y rodillas. Entonces vio algo que brillaba más adelante. Un minuto después había salido del bosque; estaba de pie, parpadeando a la luz del sol y el agua, sobre la orilla de un ancho río, y contemplaba un paisaje llano donde se entremezclaban río, lago, isla y promontorio: el tipo de región en que sus ojos se habían posado por primera vez en Malacandra.

No se oían ruidos de persecución. Ransom se dejó caer sobre el estómago y bebió, maldiciendo un mundo en el que no parecía haber agua fresca. Luego se quedó inmóvil para escuchar y recuperar el aliento. Tenía los ojos fijos en el agua. Se agitaba. A diez metros de su rostro se abrían círculos y saltaban burbujas. De pronto el agua se elevó y apareció un objeto redondo, negro y brillante como una bola de cañón. Luego vio ojos y una boca, una boca resoplante rodeada de burbujas. El ser seguía saliendo del agua. Era de un negro deslumbrante. Por último nadó perezosamente hasta la costa y se alzó, despidiendo vapor, sobre las patas traseras. Medía más de dos metros y era demasiado delgado para su altura, como todo en Malacandra. Tenía una capa compacta de pelo negro, reluciente como la piel de una foca, patas traseras muy cortas y palmeadas, una cola ancha de castor o de pez, fuertes miembros anteriores con garras o dedos palmeados y unas protuberancias en medio del vientre que Ransom tomó por genitales. Era como un pingüino, como una nutria, como una foca, pero la delgadez y la flexibilidad del cuerpo sugerían un armiño. La gran cabeza redonda, de bigotes abundantes, era la causa principal de su parecido con una foca, pero tenía la frente más alta que la de una foca y la boca más pequeña.

Llega un momento en que los actos provocados por el miedo y las precauciones son puramente convencionales, el fugitivo deja de sentirlos con terror o esperanza. Ransom se quedó totalmente inmóvil, apretando el cuerpo todo lo que pudo contra la hierba, obedeciendo a la idea completamente teórica de que quizás así pasaría inadvertido. Sentía poca emoción. Advertía de forma lacónica, objetiva, que allí parecía terminar su historia: atrapado entre un sorn por tierra firme y un gran animal negro por el agua. Es cierto que tenía la vaga noción de que las mandíbulas y la boca de la bestia no eran las de un carnívoro, pero sabía que sus conocimientos zoológicos no le permitían ir más allá de las suposiciones.

Entonces ocurrió algo que cambió por completo su estado de ánimo. La criatura, que aún despedía vapor y se sacudía sobre la orilla y que obviamente no lo había visto, abrió la boca y empezó a emitir sonidos. Eso no era destacable en sí, pero una vida de estudios lingüísticos le confirmó casi de inmediato que eran sonidos articulados. La criatura estaba hablando. Poseía lenguaje. Si usted no es filólogo, mucho me temo que deberá creer sin pruebas contundentes en las consecuencias emocionalmente prodigiosas que tuvo ese descubrimiento en la mente de Ransom. Ya había visto un mundo nuevo, pero un idioma nuevo, extraterrestre, no humano, era otra cuestión. Por algún motivo no había pensado en eso en relación con los sorns. Ahora, la idea atravesó su mente como una revelación. El amor al conocimiento es una especie de locura. En la fracción de segundo que le llevó a Ransom decidir que la criatura hablaba en realidad y, aunque aún sabía que podía enfrentarse a una muerte inmediata, su imaginación había pasado por encima del miedo y la esperanza y las posibilidades de escapar de su situación para perseguir el proyecto deslumbrante de elaborar una gramática malacándrica. *Introducción al idioma malacándrico, El verbo lunar, Breve diccionario marciano-inglés...* los títulos desfilaban en su mente. ¿Y habría algo imposible de descubrir estudiando el habla de una raza no humana? Al alcance de sus manos estaba la forma misma del lenguaje, el principio que se oculta detrás de todos los idiomas posibles. Inconscientemente se alzó sobre un codo y miró al animal negro. Este se calló. La enorme cabeza en forma de bala se volvió y un par de radiantes ojos ambarinos se fijó en él. No había viento sobre el lago o en el bosque. Minuto a minuto, en completo silencio, los representantes de dos especies tan apartadas se miraron a la cara.

Ransom se puso de rodillas. El ser dio un salto atrás, observándolo con atención, y volvieron a quedarse inmóviles. Luego se acercó un paso, y Ransom salió y retrocedió, pero a corta distancia; la curiosidad lo retenía. Reunió coraje y se adelantó con la mano tendida. El animal malinterpretó el gesto. Se retrajo hacia el lago y Ransom pudo ver cómo se tensaban los músculos bajo su bruñida piel, listos para moverse con rapidez. Pero allí se detuvo, también estaba atrapado por la curiosidad. Ninguno de los dos se atrevía a acercarse al otro; sin embargo, cada uno sentía una y otra vez el impulso de hacerlo, y sucumbía a él. Era algo al mismo tiempo tonto, aterrorizador, extasiante e insoportable. Era más que curiosidad. Era como un galanteo, como el encuentro del primer hombre y la primera mujer del mundo. Iba aún más allá: el contacto entre los sexos resulta tan natural, tan limitado el estupor que produce, tan superficial la reticencia, tan suave el rechazo a ser vencido si se lo compara con el éxtasis de la primera comunicación entre dos especies racionales pero distintas.

De pronto el ser se dio vuelta y empezó a apartarse caminando. Un desaliento parecido a la desesperación cayó sobre Ransom.

—¡Vuelve! —gritó en inglés.

La bestia se volvió hacia él, abrió los brazos y habló por segunda vez en su idioma incomprensible, luego reemprendió la marcha. No se había alejado más de veinte metros cuando Ransom vio que se agachaba y levantaba algo. Regresó. Llevaba en la mano (ya tomaba la garra palmeada delantera por una mano) lo que parecía ser un caparazón, el de algún animal con forma de ostra, aunque más redondo y prominente. Lo hundió en el lago y lo levantó lleno de agua. Luego lo llevó hacia la mitad de su propio cuerpo y pareció derramar algo en el agua. Ransom pensó disgustado que estaba orinando dentro del caparazón. Luego se dio cuenta de que las protuberancias que la criatura tenía en el abdomen no eran órganos genitales ni de ningún otro tipo: llevaba una especie de cinturón provisto de varios objetos en forma de bolsa, y estaba agregando unas pocas gotas de líquido de uno de ellos al agua del caparazón. Después se llevó el recipiente a sus negros labios y bebió, no echando la cabeza hacia atrás como un hombre, sino agachándose y sorbiendo como un caballo. Cuando terminó volvió a llenarla y le agregó por segunda vez unas gotas del recipiente (una especie de botella de piel) que tenía en la cintura. Sosteniendo el caparazón con las dos manos, la tendió hacia Ransom. La intención era inconfundible.

Vacilante, casi tímido, Ransom se adelantó y tomó la taza. La punta de sus dedos tocó las garras palmeadas de la criatura y un estremecimiento indescriptible, mezcla de atracción y rechazo, lo recorrió; luego bebió. Cualquiera que fuese el líquido añadido al agua, se trataba de algo lisa y llanamente alcohólico. Nunca había disfrutado tanto de un trago.

—Gracias —dijo en inglés—. Muchísimas gracias.

La criatura se golpeó el pecho y emitió un sonido. Al principio Ransom no entendió qué quería comunicar. Luego cayó en la cuenta de que estaba tratando de enseñarle su nombre, quizás el nombre de su especie.

—Jross —decía—. Jross. —Y se golpeaba con la palma.

—Jross —repitió Ransom, y lo señaló. Luego dijo—: Hombre. —Y se golpeó su propio pecho.

—Jomb... jombr... jombre —lo imitó el jross. Levantó un puñado de la tierra que se asomaba entre la hierba y el agua.

—Jandra —dijo. Ransom repitió la palabra. Luego se le ocurrió una idea.

—¿Malacandra? —dijo, interrogante.

El jross hizo girar los ojos y agitó los brazos, en un esfuerzo evidente por abarcar todo el paisaje. Ransom se las estaba arreglando bastante bien. *Jandra* significaba el elemento tierra; Malacandra, la tierra o el planeta considerado como un todo. Pronto averiguaría qué quería decir *malac*. Mientras tanto, tomó nota de que la «J» desaparece después de la «C» y dio su primer paso en fonética malacándrica. Ahora el jross trataba de enseñarle el significado de *jandramit*. Reconoció la raíz *jandra* y pensó: «Tienen sufijos además de prefijos», pero esta vez no pudo extraer ningún sentido de los gestos del jross y siguió ignorando qué podía ser un *jandramit*. Tomó la iniciativa abriendo la boca y ejecutando la pantomima de comer. La palabra malacándrica que obtuvo para comida o comer incluía consonantes irreproducibles por una boca humana, y Ransom, siguiendo con la pantomima, trató de explicar que su interés era práctico además de filológico. El jross lo comprendió, aunque a Ransom le llevó cierto tiempo entender que le indicaba por gestos que lo siguiera. Finalmente lo hizo.

No fueron más allá del lugar donde el animal había levantado el caparazón y allí Ransom descubrió, con un asombro no muy justificable, que había un bote amarrado. Al ver el artefacto se sintió, con un rasgo muy humano, más seguro del carácter racional del jross. Incluso valoró más a la criatura, porque la embarcación, aun teniendo en cuenta la altura y la endeblez características en Malacandra, se parecía mucho a un bote terrestre; solo más tarde se preguntó qué otra forma podía tener un bote sino esa. El jross sacó una fuente ovalada de material duro pero ligeramente flexible, cubierta con tiras de una sustancia esponjosa, de color anaranjado, y se la tendió a Ransom. Este cortó un buen pedazo con el cuchillo y empezó a comer, al principio vacilante y luego vorazmente. El sabor era como el de las habas, aunque más dulzón, y bastaba para un hombre hambriento. Luego, a medida que aplacaba el hambre, el sentido de su situación volvía a asaltarlo con fuerza demoledora. El ser enorme con forma de foca que se sentaba a su lado se transformó en algo siniestro. Parecía amistoso, pero era muy grande, muy negro y Ransom no sabía nada de él. ¿Qué relaciones mantendría con los sorns? ¿Y era en realidad tan racional como parecía?

Solo días más tarde descubriría la forma de enfrentar semejantes crisis de confianza. Se presentaban cuando el carácter racional del jross le tentaba a considerarlo un ser humano. Entonces se hacía abominable: un hombre de más de dos metros de altura, con cuerpo de serpiente, cubierto, incluida la cara, de un negro y espeso pelo de animal, y con bigotes de gato. Pero si tomaba el camino opuesto, se encontraba con un animal con todo lo que un animal debe tener —piel brillante, ojos acuosos, aliento suave y dientes blanquísimos— y por si eso fuera poco, como si el Paraíso nunca se hubiera perdido y los sueños más antiguos se hicieran realidad, tenía el encanto del habla y la razón. Nada podía ser más desagradable que la primera impresión; nada más delicioso que la segunda. Todo dependía del punto de vista.

10

Cuando Ransom terminó de comer y bebió otra vez la fuerte agua de Malacandra, su anfitrión se levantó y subió al bote. Lo hizo adelantando primero la cabeza, como un animal, ya que su cuerpo sinuoso le permitía descansar las manos en el fondo de la embarcación mientras los pies seguían firmes en tierra. Completó la operación lanzando nalgas, cola y patas traseras a un metro y medio de altura y deslizándolas limpiamente a bordo con una agilidad imposible de igualar en la Tierra por un animal de su tamaño.

Después de meterse en el bote, volvió a salir y lo señaló. Ransom comprendió que lo invitaba a seguir su ejemplo. Desde luego no podía hacer la pregunta que importaba por encima de todas. ¿Eran los jrossa (más tarde averiguó que ese era el plural de jross) la especie dominante en Malacandra y los sorns, a pesar de su forma más humana, una simple especie de ganado semiinteligente? Tenía la ardiente esperanza de que así fuera. Por otra parte, los jrossa podían ser los animales domésticos de los sorns, en cuyo caso estos últimos serían superinteligentes. De algún modo, su cultura de lo imaginario lo alentaba a asociar la inteligencia sobrehumana con cuerpos monstruosos y voluntades crueles. Subir al bote del jross podía significar entregarse a los sorns al final del recorrido. Por otra parte, la invitación del jross podía ser una oportunidad dorada de abandonar para siempre el bosque infectado de sorns. Y, para entonces, el mismo jross estaba perplejo ante su aparente incapacidad de comprenderlo. La urgencia de sus gestos lo decidió por fin. No podía tomar seriamente en cuenta la idea de apartarse del jross; su animalidad le chocaba en una docena de aspectos, pero la ansiedad por aprender su idioma y, en un plano aún más profundo, la atracción ineludible y esquiva de los opuestos, la sensación de que tenía en sus manos las llaves que daban paso a una aventura prodigiosa: todo eso lo unía a él con lazos más fuertes de lo que el mismo Ransom creía. Subió al bote.

La embarcación no tenía asientos. La proa era muy alta, una enorme extensión de espacio muerto, y el calado le pareció a

Ransom increíblemente poco profundo. En realidad, la mayor parte del bote quedaba fuera del agua; le recordaba las modernas lanchas deportivas europeas. Estaba amarrado con algo que al principio parecía una cuerda, pero el jross no la desató, sino que simplemente tiró de ella hasta que se cortó en dos, como un trozo de melcocha o una tira de masilla. Luego se agachó sobre los muslos en la popa y levantó un remo corto, un remo de pala tan enorme que Ransom se preguntó cómo podía manejarlo, hasta que recordó que el planeta en el que estaban era muy liviano. El tamaño del cuerpo del jross le permitía trabajar agachado sin dificultad, a pesar de la borda alta. Remaba con rapidez.

Durante los primeros minutos pasaron entre riberas pobladas de árboles purpúreos, sobre un canal que no tenía más de noventa metros de ancho. Luego rodearon un promontorio y Ransom vio que salían a una extensión de agua mucho mayor, un gran lago, casi un mar. El jross, que ahora navegaba con cuidado, cambiando a menudo de dirección y mirando a su alrededor, remaba apartándose con rapidez de la orilla. La fulgurante extensión azul crecía por momentos; Ransom no podía fijar la vista en ella. El calor del agua era opresivo. Se sacó la gorra y la chaqueta, lo que sorprendió muchísimo al jross.

Se puso de pie con cautela y estudió el paisaje malacándrico que los rodeaba. Delante y detrás de ellos se extendía el lago deslumbrante, aquí tachonado de islas, más allá sonriendo, ininterrumpido, al pálido cielo azul. Notó que el sol caía perpendicularmente sobre sus cabezas; estaban en los trópicos de Malacandra. En cada extremo, el lago se perdía en agrupaciones más complejas de tierra y agua, que se entremezclaba suave, plumosamente con la gigantesca hierba purpúrea. Pero esa tierra pantanosa o cadena de archipiélagos, como la consideraba ahora, estaba flanqueada a ambos lados por paredes dentadas de montañas color verde pálido, a las que aún le costaba llamar montañas, tan altas eran, tan delgadas, empinadas, estrechas y aparentemente desequilibradas. Se erguían a estribor a poco más de un kilómetro y medio de distancia y parecían separadas del agua solo por una estrecha faja de monte; a la izquierda estaban mucho más lejos, quizás a diez kilómetros, aunque seguían siendo impresionantes. Continuaban alzándose a los costados del terreno pantanoso hasta donde alcanzaba la mirada, tanto hacia adelante como hacia atrás.

En realidad, navegaban sobre el suelo inundado de un majestuoso cañón de quince kilómetros de ancho y extensión desconocida. Detrás y a veces sobre los picos montañosos podía distinguir en muchos sitios los grandes amontonamientos ondulados de sustancia rojo rosada que había tomado el día anterior por nubes. En realidad no parecía haber laderas al otro lado de las montañas; estas eran más bien el bastión dentado de mesetas inconmensurables, en algunos puntos más altas que las montañas mismas, que formaban a izquierda y derecha el horizonte de Malacandra. Solo en línea recta, hacia adelante o a popa, el planeta estaba cortado por el vasto desfiladero, que ahora se presentaba a Ransom como un simple surco o rajadura en la meseta.

Se preguntó qué serían las masas rojas en forma de nube y se esforzó por preguntarlo con movimientos de las manos. Pero la pregunta era demasiado particular para el lenguaje gestual. El jross expresó con abundante gesticulación (sus brazos o miembros anteriores eran más flexibles que los de Ransom y se movían veloces como látigos) que suponía que le preguntaba por el terreno alto en general. Lo llamó *jarandra*. La región baja, pantanosa, la garganta o cañón, parecía ser *jandramit*. Ransom captó las implicancias: *jandra*, tierra; *jarandra*, tierras altas, montaña; *jandramit*, tierras bajas, valle. En realidad, tierras altas y tierras bajas. Más tarde aprendería la especial importancia que adquiría esa distinción en la geografía de Malacandra. En ese momento, el jross llegó al final de su navegación cuidadosa. Estaban a unos tres kilómetros de tierra firme cuando de pronto dejó de remar y se quedó tenso con el remo en el aire. En el mismo instante, el bote se estremeció y saltó hacia adelante como disparado por una catapulta.

Al parecer estaban aprovechando una corriente. En pocos segundos se vieron proyectados a más de veinte kilómetros por hora, alzándose y cayendo sobre las olas extrañas, agudas, perpendiculares de Malacandra con un movimiento espasmódico, completamente distinto al del mar terrestre más picado que Ransom hubiera conocido. Le recordaba las experiencias desastrosas que había pasado sobre un caballo al trote en el ejército, y era muy desagradable. Se aferró a la borda con la mano izquierda y se pasó la derecha por la cara: el calor húmedo del agua se había vuelto muy molesto. Se preguntó si la comida malacándrica, e incluso la bebida, podían ser digeridas por un estómago humano.

¡Menos mal que era un buen marino! O al menos un marino bastante bueno. O al menos...

Se inclinó con rapidez sobre la borda, el calor del agua azul le inundó la cara. Creyó ver anguilas que jugaban en lo profundo, anguilas largas, plateadas. Lo peor ocurrió no una, sino varias veces. En su aflicción recordó con nitidez la vergüenza que había sentido al descomponerse en una fiesta infantil... hacía mucho tiempo, en el astro donde había nacido. Ahora sentía una vergüenza similar. Ese no era el modo que elegiría el primer representante de la humanidad para aparecer ante una nueva especie. ¿Los jrossa también vomitaban? ¿Sabría este lo que Ransom estaba haciendo? Temblando y gimiendo, se enderezó. La criatura lo observaba, pero su rostro parecía inexpresivo; solo mucho más tarde aprendería a leer en los rostros de malacándricos.

Mientras tanto, la corriente parecía haber aumentado de velocidad. Oscilaron a través del lago en una amplia curva que los llevó a unos doscientos metros de la costa opuesta, luego retrocedieron otra vez, volvieron a adelantarse en espirales y ochos vertiginosos, mientras el bosque purpúreo y las montañas dentadas pasaban velozmente, y Ransom asociaba desganadamente aquella tortuosa carrera con el nauseabundo girar de las anguilas plateadas. Estaba perdiendo rápidamente su interés por Malacandra: la diferencia entre la Tierra y los demás planetas parecía poco importante comparada con la horrible diferencia que había entre la tierra y el agua. Se preguntó desesperado si el jross viviría habitualmente en el agua. Quizás iban a pasar la noche en ese bote detestable...

En realidad, sus penurias no duraron mucho. Llegó un momento bendito en que cesaron las sacudidas y la velocidad disminuyó, y vio que el jross hacía retroceder la embarcación con rapidez. Aún estaban a flote, con las orillas muy cerca a cada lado, y entre ellas corría un estrecho canal en el que el agua silbaba con furia, aparentemente un bajío. El jross saltó por encima de la borda, arrojando una buena cantidad de agua caliente al interior. Ransom lo siguió, cauteloso y temblando. El agua le llegaba a las rodillas. Vio con asombro que el jross levantaba el bote a pulso, sin esfuerzo aparente, y se lo colocaba sobre la cabeza, sosteniéndolo con la garra delantera y avanzando hacia tierra firme, erecto como una cariátide griega. Marcharon caminando junto al canal, si es que el hamacarse de las cortas piernas y las caderas del jross podía tomarse por una forma de caminar. En pocos minutos, Ransom pudo apreciar un nuevo paisaje.

El canal no era solo un bajío, sino también un rápido; en realidad, el primero de una serie en el que el agua bajaba con violencia durante el próximo kilómetro. El terreno se apartaba cayendo ante ellos, y el cañón, o *jandramit*, continuaba en un nivel mucho más bajo. Sin embargo, sus paredes no se hundían con él, y desde su ubicación actual Ransom tuvo una noción más clara de la forma en que estaba dispuesto el terreno. A izquierda y derecha se habían hecho visibles extensiones mucho más amplias de las tierras altas, a veces cubiertas con las protuberancias rojas en forma de nube, pero más a menudo llanas, pálidas y áridas hasta donde la línea suave de su horizonte coincidía con el cielo. Ahora los picos montañosos parecían ser solo la orla o el borde de las verdaderas tierras altas, rodeándolas como los dientes inferiores rodean a la lengua. Le impactó el nítido contraste entre el *jarandra* y el *jandramit*. El desfiladero se tendía bajo ellos como una cadena de joyas, púrpura, azul zafiro, amarillo y blanco rosáceo, una rica y matizada incrustación de tierra boscosa y agua ubicua que desaparecía y reaparecía sin fin. Malacandra era menos parecido a la Tierra de lo que había empezado a suponer. El *jandramit* no era un verdadero valle que se alzaba y caía con la cadena montañosa a la que pertenecía. En realidad, no pertenecía a una cadena montañosa. Era solo una enorme zanja o rajadura, de profundidad variable, que corría a través del *jarandra* llano y alto, y empezaba a sospechar que este último era la verdadera «superficie» del planeta: ciertamente un astrónomo terrestre la vería como la superficie. En cuanto al *jandramit*, parecía no tener fin; ininterrumpido y casi recto, se extendía ante él como una línea de color estrechándose hasta penetrar en el horizonte como una muesca en forma de «V». Debía de estar viendo ciento cincuenta kilómetros y calculó que desde el día anterior había recorrido entre cuarenta y sesenta kilómetros.

Durante todo este tiempo habían bajado junto con los rápidos hasta donde el agua corría otra vez horizontal, y el jross pudo volver a colocar el bote en ella. Durante la caminata, Ransom aprendió las palabras para «bote», «rápido», «agua», «sol» y «transportar». Esta última, al ser su primer verbo, le interesó particularmente. Además el jross se esforzó por inculcarle una asociación o relación, que trataba de comunicar, repitiendo los pares de palabras *jrossa-jandramit* y *séroni-jarandra*. Ransom supuso que le quería decir que los jrossa vivían abajo en el *jandramit* y los séroni arriba en el *jarandra*. Se preguntó qué diablos serían los séroni. Las amplias extensiones del *jarandra* no parecían apropiadas para la vida. Quizás los jrossa tenían una mitología —daba por sentado que eran de bajo nivel cultural— y los séroni eran dioses o demonios.

El viaje prosiguió con náuseas recurrentes y cada vez más leves para Ransom. Horas más tarde cayó en la cuenta de que séroni bien podía ser el plural de sorn.

El sol bajaba a la derecha. Caía más rápido que sobre la Tierra o al menos que sobre las partes de la Tierra que él conocía, y en el cielo sin nubes había poco despliegue crepuscular. Se diferenciaba del sol que conocía en algún otro aspecto que no pudo precisar. Mientras seguía especulando, las cumbres montañosas en forma de aguja se recortaron negras contra él, y el *jandramit* se oscureció, aunque hacia el este (a su izquierda), las tierras altas del *jarandra* seguían brillando en un color rosa pálido, remotas y suaves y tranquilas, como un mundo distinto y más espiritual.

Pronto advirtió que volvían a desembarcar, que pisaban tierra firme, que penetraban en el monte purpúreo. El movimiento del bote parecía haberse grabado en su imaginación y el terreno oscilaba bajo sus pies; eso, unido al cansancio y a la luz crepuscular, hizo que el resto del viaje fuera como un sueño. Una luz comenzó a deslumbrarlo. Era de una fogata que iluminaba las hojas enormes, más allá de las cuales vio las estrellas. Parecían haberlo rodeado docenas de jrossa, que amontonados y tan próximos le parecían menos humanos que su guía solitario. Sintió un poco de miedo, más bien un sentimiento de horrible desubicación. Quería hombres... cualquier hombre, aunque fueran Weston y Devine. Estaba demasiado cansado para tratar de comunicarse con aquellas absurdas cabezas de bala y caras cubiertas de piel. Y, entonces, abajo, cerca de él, más movedizas, aparecieron en tropel las crías, los cachorros, los pequeños o como se llamasen los retoños de los jrossa. Su estado de ánimo cambió súbitamente. Eran unos animalitos alegres y divertidos. Apoyó la mano sobre una cabeza negra y sonrió; la criatura se escabulló.

Nunca pudo recordar mucho de aquella noche. Comieron y bebieron, fueron y vinieron formas negras, hubo extraños ojos luminosos a la luz del fuego y, por último, durmieron en algún lugar oscuro, aparentemente cubierto.

11

Desde que despertó en la astronave, Ransom había meditado sobre la asombrosa aventura de ir a otro planeta y en las probabilidades de regresar. Había reflexionado sobre estar en él. Ahora cada mañana descubría con asombro que no estaba llegando ni huyendo de Malacandra, sino simplemente viviendo allí, despertándose, durmiendo, nadando e incluso, a medida que pasaban los días, conversando. Lo maravilloso de todo eso lo impactó con más fuerza cuando unas tres semanas después de su llegada se encontró dando un verdadero paseo. Pocas semanas más tarde, ya tenía sus lugares favoritos de paseo y sus comidas preferidas: comenzaba a desarrollar hábitos. Distinguía a primera vista un macho de una hembra jross y hasta se le iban haciendo evidentes las diferencias individuales. Jyoi, quien lo había encontrado por primera vez unos cuantos kilómetros hacia el norte, era una persona muy distinta al venerable Jnojra, de hocico gris, que diariamente le enseñaba el idioma. Los críos de la especie eran a su vez distintos, deliciosos. Tratando con ellos, uno podía olvidar todo lo referente al carácter racional de los jrossa. Demasiado jóvenes para perturbarlo con el enigma desconcertante de la razón en una forma animal no humana, lo consolaban en su soledad, como si le hubieran permitido traer perros de la Tierra. Los cachorros, por su parte, sentían el más vivo interés por el duende sin pelo que había aparecido entre ellos. Ransom tenía un éxito brillante con los pequeños y, como consecuencia indirecta, con sus madres.

Sus primeras impresiones sobre la comunidad en general fueron corrigiéndose lentamente. Al principio había diagnosticado que su cultura era del tipo que él denominaba «antigua edad de piedra». Los pocos instrumentos cortantes que poseían eran de piedra. Parecían no tener alfarería, excepto unas pocas vasijas toscas que usaban para hervir alimentos, y ese era el único tipo de cocción que practicaban. La valva semejante a la de una ostra de la que Ransom había saboreado por primera vez la hospitalidad jross era el recipiente que utilizaban como plato, copa y cuchara; el pescado que contenía constituía su único alimento animal. Tenían gran cantidad y variedad de comidas vegetales, algunas deliciosas.

Hasta la hierba blanco rosada que cubría el *jandramit* era comestible en pequeñas cantidades, de modo que si se hubiera muerto de hambre antes de que Jyoi lo encontrara, lo habría hecho en medio de la abundancia. Sin embargo, ningún jross comía hierba (*jonodraskrud*) si podía elegir, aunque *faute de mieux* era posible utilizarla en un largo viaje. Las viviendas eran cabañas en forma de colmena construidas con hojas rígidas, y las aldeas —había varias en la cercanía— siempre se levantaban junto a los ríos, en busca de calor, y bien cerca de su origen, en las paredes del *jandramit*, donde el agua era más caliente. Dormían en el suelo. Parecían no tener artes, excepto una mezcla de música y poesía que era practicada casi todas las noches por un conjunto o compañía de cuatro jrossa. Uno de ellos recitaba en tono cantarín durante largo rato mientras los otros tres, de forma a veces individual y otras coral, lo interrumpían de cuando en cuando con una canción. Ransom no pudo descubrir si las interrupciones eran simples interludios líricos o si entablaban un diálogo con la narración del solista. No disfrutaba mucho de la música. Las voces no eran desagradables y la escala parecía adaptarse al oído humano, pero el esquema de tiempos era absurdo para su sentido rítmico. Al principio, las ocupaciones de la tribu o familia eran misteriosas. La gente siempre desaparecía durante unos días y luego reaparecía. Pescaban poco y viajaban mucho en los botes, sin que Ransom pudiera descubrir la causa. Un día vio una especie de caravana de jrossa que partían a pie con una carga de comida vegetal sobre la cabeza. Al parecer había algún tipo de intercambio comercial en Malacandra.

Descubrió la agricultura la primera semana. Subiendo un kilómetro y medio por el *jandramit* se llegaba a extensos terrenos libres de bosque y cubiertos durante muchos kilómetros por una vegetación baja y pulposa en la que predominaban los colores amarillos, naranja y azul. Más adelante, había plantas alechugadas, altas como un abedul terrestre. En los sitios donde crecían sobre el calor del agua, uno podía subir a una de las hojas inferiores y permanecer acostado deliciosamente en una hamaca fragante, que se mecía con suavidad. En otros sitios, el calor no bastaba para quedarse mucho tiempo inmóvil al aire libre; la temperatura general del *jandramit* era la de una espléndida mañana invernal de la Tierra. Las zonas productoras de alimentos eran explotadas comunalmente por las aldeas circundantes, y la división del trabajo se había llevado a un punto más complejo de lo que él esperaba. Efectuaban el corte, secado, almacenaje, transporte y algo parecido al abono de la tierra, y sospechó que al menos algunos de los canales de agua eran artificiales.

Pero la verdadera revolución en su forma de considerar a los jrossa empezó cuando comprendió el idioma lo suficiente para tratar de satisfacer la curiosidad que ellos sentían por él. Cuando contestó sus preguntas comenzó por declarar que había venido del cielo. Jnojra le preguntó de inmediato de qué planeta o tierra (*jandra*). A Ransom, que había dado una versión deliberadamente infantil de la verdad para adaptarla a la supuesta ignorancia de su público, le molestó un poco que Jnojra le explicara trabajosamente que él no podía vivir en el cielo porque en el cielo no había aire; podía haber llegado a través del cielo pero tenía que venir de una *jandra*. Fue incapaz de señalarles la Tierra en el cielo nocturno. Parecieron sorprenderse de su ineptitud y señalaron una y otra vez un planeta brillante que se veía sobre el horizonte occidental, un poco más al sur de donde se había puesto el sol. Lo sorprendió que eligieran un planeta en vez de una simple estrella y que se mantuvieran firmes en su elección, ¿sería posible que supieran astronomía? Desgraciadamente aún dominaba poco el idioma para investigar el grado de conocimiento de los jrossa. Cambió de conversación preguntándoles el nombre del brillante planeta austral y le dijeron que era Thulcandra, el mundo o planeta silencioso.

—¿Por qué lo llaman *thulc*? —preguntó—. ¿Por qué el silencioso?

Nadie contestó.

—Los séroni lo saben —dijo Jnojra—. Es la clase de cosas que saben ellos.

Cuando le preguntaron cómo había venido y Ransom hizo un pobre intento de describir la astronave, le dijeron otra vez:

—Los séroni sabrían.

¿Había venido solo? No, lo habían acompañado dos de su especie: hombres malos (hombres «torcidos» era el equivalente jrossiano más aproximado) que trataron de matarlo, pero él había huido. A los jrossa les costó creer eso, pero finalmente estuvieron de acuerdo en que Ransom debería ir a ver a Oyarsa. Oyarsa lo protegería. Ransom preguntó quién era Oyarsa. Lentamente, y con muchos malentendidos, pudo sacarles la información de que Oyarsa (1) vivía en Meldilorn, (2) sabía todo y gobernaba a todos, (3) siempre había estado allí y (4) no era un jross ni uno de los séroni. Ransom les preguntó entonces, siguiendo su línea de pensamiento, si Oyarsa había hecho el mundo. Los jrossa casi aullaron en su fervor por negarlo. ¿Acaso la gente de Thulcandra no sabía que Maleldil el Joven había hecho y gobernaba aún el mundo? Hasta un niño lo sabía. Ransom preguntó dónde vivía Maleldil.

—Con el Anciano.

¿Y quién era el Anciano? Ransom no entendió la respuesta. Probó otra vez.

—¿Dónde está el anciano?

—No es de la clase de seres que necesitan un lugar donde vivir —dijo Jnojra y siguió con una extensa disquisición que Ransom no pudo entender, aunque captó lo suficiente para sentir una vez más cierta irritación. Desde que había descubierto el carácter racional de los jrossa se había sentido poseído por una escrupulosa preocupación acerca de si era o no su deber darles instrucción religiosa; ahora, como resultado de sus esfuerzos vacilantes, descubría que lo trataban como si él fuera el salvaje y le estuvieran dando un primer esbozo de religión civilizada, una especie de equivalente jrossiano del catecismo elemental. Se hizo manifiesto que Maleldil era un espíritu sin cuerpo, partes ni pasiones.

—Él no es un *jnau* —decían los jrossa.

—¿Qué es *jnau*? —preguntó Ransom.

—Tú eres *jnau*. Yo soy *jnau*. Los séroni son *jnau*. Los pfifltriggi son *jnau*.

—¿Pfifltriggi? —dijo Ransom.

—A más de diez días de viaje hacia el oeste —dijo Jnopra—, el *jarandra* se hunde no hacia un *jandramit*, sino hacia un lugar más amplio, un espacio abierto que se extiende en todas las direcciones. Cinco días de viaje de norte a sur, diez días de este a oeste. Allí los bosques tienen colores distintos a los nuestros, son azules o verdes. Es un lugar muy hondo, que llega a las raíces del mundo. Allí están los productos más hermosos que puedan sacarse de la tierra. Allí viven los pfifltriggi. Les encanta cavar. Ablandan con fuego lo que extraen y hacen cosas. Son gente pequeña, más chica que tú, de hocico largo, pálidos, trabajadores. Tienen largos miembros anteriores. Ningún *jnau* puede igualarlos en hacer y moldear cosas, así como nadie puede igualarnos en cantar. Pero mejor que el *jombre* vea por sí mismo.

Se dio vuelta y habló con uno de los jrossa más jóvenes, y, poco después, después de pasar de mano en mano, llegó hasta él un pequeño recipiente. Lo acercó a la luz del fuego y lo examinó. Era de oro y Ransom comprendió el interés de Devine por Malacandra.

—¿Hay mucho más material de este tipo? —preguntó.

—Sí —le dijeron; la mayor parte de los ríos lo arrastraba, pero el mejor y más abundante estaba entre los pfifltriggi, y ellos eran los que tenían la habilidad de moldearlo. Lo llamaban *rbol jru*, sangre del Sol. Volvió a mirar la escudilla. Estaba delicadamente grabada. Vio siluetas de jrossa y de animales más pequeños, parecidos a ranas, y luego, sorns. Los señaló con un gesto interrogante.

—Séroni —dijeron los jrossa, confirmando sus sospechas—. Viven arriba, casi en el *jarandra*. En las grandes cuevas.

Los animales con forma de rana (o con cabeza de tapires y cuerpo de ranas) eran pfifltriggi. Ransom barajó los datos en su mente. Según parecía, tres especies distintas habían llegado al raciocinio en Malacandra y ninguna de ellas había exterminado aún a las otras dos. Era muy importante para él averiguar quién era el verdadero amo.

—¿Cuál de los *jnau* gobierna? —preguntó.

—Oyarsa gobierna —fue la respuesta.

—¿Él es *jnau*?

Eso los confundió un poco. Suponían que los séroni se ocuparían mejor de ese tipo de preguntas. Quizás Oyarsa era *jnau*, pero un *jnau* muy distinto. Para él no había muerte ni juventud.

—¿Los séroni saben más que los jrossa? —preguntó Ransom.

Eso provocó más un debate que una respuesta. La conclusión final fue que los séroni o sorns eran perfectamente inútiles con un bote y no podían hacer poesía, y, aunque los jrossa la hicieran para ellos, solo podían entender la más elemental; pero había que reconocer que eran buenos para averiguar cosas sobre las estrellas, para comprender las declaraciones más oscuras de Oyarsa y para contar qué había ocurrido en Malacandra hacía mucho tiempo... tanto que nadie podía recordar.

«Ah... la *intelligentsia* —pensó Ransom—. Deben de ser los verdaderos gobernantes, aunque lo hagan de forma disimulada».

Trató de preguntar qué pasaría si los sorns utilizaran su sabiduría para lograr que los jrossa hicieran cosas —era la mejor forma de expresarlo con su dominio balbuceante del malacándrico—. De esa manera, la pregunta no sonaba tan apremiante como si hubiera dicho «utilizaran sus recursos científicos para explotar a sus vecinos incivilizados». Pero podría haberse ahorrado el esfuerzo. La mención de la mala valoración que hacían los sorns de la poesía había desviado toda la conversación hacia temas literarios. Ransom no entendió ni una sola sílaba de la acalorada y aparentemente técnica discusión que se desarrolló a continuación.

Como es natural, no todas las conversaciones con los jrossa tenían como tema Malacandra. Debía darles a cambio información sobre la Tierra. En esa tarea se sentía abochornado, tanto por los descubrimientos humillantes de su propia ignorancia sobre su planeta natal como por su propósito de ocultar parte de la verdad. No quería contarles demasiado sobre las guerras y las industrias terrestres. Recordaba cómo el Cavor* de H. G. Wells había encontrado la muerte en la Luna; además sentía vergüenza. Experimentaba algo parecido a la desnudez física cada vez que lo interrogaban con demasiada precisión sobre los hombres, los *jombra*, como ellos los llamaban. Por otra parte, estaba decidido a no dejarles saber que lo habían traído para entregarlo a los sorns, porque cada día estaba más seguro de que eran la especie dominante. Lo poco que les contó bastó para encender la imaginación de los jrossa. Todos comenzaron a hacer poemas sobre la extraña *jandra* donde las plantas eran duras como la piedra y la hierba verde como la roca y las aguas frías y saladas, y donde los *jombra* vivían arriba, en el *jarandra*.

Se mostraron aún más interesados en lo que pudo decirles sobre el animal acuático de mandíbulas chasqueantes del que había huido en su mismo mundo, incluso en su mismo *jandramit*. Todos estuvieron de acuerdo en que se trataba de un *jnakra*. Se excitaron mucho. Hacía años que no aparecía un *jnakra* en el valle. Los jrossa jóvenes sacaron sus armas (arpones primitivos con punta

---

* Protagonista de la novela *Los primeros hombres en la Luna*. (*N. del t.*).

de hueso) y hasta los cachorros se pusieron a jugar a la caza del *jnakra* en los bajíos. Algunas madres mostraron ansiedad y querían que los pequeños salieran del agua, pero en general las noticias sobre el *jnakra* parecieron ser muy bien recibidas. Jyoi partió de inmediato para hacer algunos arreglos en su bote y Ransom lo acompañó. Quería ser útil y ya empezaba a tener cierta habilidad en el manejo de las primitivas herramientas jrossianas. Caminaron juntos hacia la ensenada donde Jyoi tenía su bote, más allá de un corto trecho de bosque.

Por el camino, cuando el sendero se estrechó y Ransom tuvo que ir detrás de Jyoi, pasaron junto a una pequeña hembra jross, casi un cachorro. Habló mientras pasaban, pero no hacia ellos; tenía la mirada fija en un punto a unos cinco metros de distancia.

—¿A quién le hablas, Jrikki? —dijo Ransom.

—Al eldil.

—¿Dónde está?

—¿No lo has visto?

—No vi nada.

—¡Allá! ¡Allá! —gritó ella de pronto—. ¡Ah! Se fue.

—¿No lo has visto?

—No vi a nadie.

—¡Jyoi! —dijo la pequeña—. El *jombre* no puede ver un eldil.

Pero Jyoi había seguido caminando con decisión y ya estaba fuera del alcance de sus gritos, sin que pareciera haber notado nada. Ransom supuso que Jrikki estaba «fingiendo», como los jóvenes de su propia especie. Volvió a reunirse con su compañero un momento después.

12

Trabajaron en el bote de Jyoi hasta el mediodía, luego se tendieron sobre la hierba, cerca del calor del riachuelo, y empezaron a almorzar. El carácter guerrero de los preparativos le sugería a Ransom muchas preguntas. No conocía la palabra para guerra, pero se las ingenió para hacer que Jyoi comprendiera lo que quería saber. ¿Los séroni, los jrossa y los pfifltriggi salían alguna vez así, con armas, contra los demás?

—¿Para qué? —preguntó Jyoi.

Era difícil explicarlo.

—Si ambos grupos quisieran una cosa y ninguno de los dos la entregara, ¿el otro recurriría finalmente a la fuerza? ¿Dirían: «entréguenlo o los matamos»?

—¿Qué clase de cosas?

—Bueno, comida, quizás.

—Si los otros *jnau* quisieran comida, ¿por qué tendríamos que negársela? A menudo se la damos.

—Pero ¿qué pasaría si no tuvieran suficiente para ustedes mismos?

—Pero Maleldil no va a permitir que dejen de crecer las plantas.

—Jyoi, si tuvieran cada vez más hijos, ¿Maleldil haría más grande el *jandramit* y haría crecer plantas suficientes para todos?

—Los séroni saben ese tipo de cosas. Pero ¿por qué tendríamos que tener más hijos?

A Ransom le costó contestar. Finalmente dijo:

—¿Engendrar hijos no es un placer entre los jrossa?

—Un magnífico placer, *jombre*. Es lo que llamamos amor.

—Si algo es un placer, un *jombre* quiere repetirlo. Podría quererlo más a menudo que el número de hijos que puede alimentar.

A Jyoi le llevó un buen rato captar la idea.

—¿Quieres decir —dijo con lentitud— que podría llegar a hacerlo no en uno o dos años de su vida, sino también en otros?

—Sí.

—Pero ¿por qué? ¿Querría cenar durante todo el día o dormir después de haber dormido? No entiendo.

—Pero una cena se repite todos los días. El amor que tú dices, ¿llega solo una vez en la vida de un jross?

—Pero le lleva la vida entera. Cuando es joven tiene que buscar compañera, luego debe cortejarla, luego engendrar un hijo, luego educarlo, luego recordarlo todo y hacerlo bullir en su interior y transformarlo en poemas y sabiduría.

—Pero ¿debe contentarse solo con recordar el placer?

—Eso es como decir «debo contentarme solo con comer mi alimento».

—No entiendo.

—Un placer llega a su plenitud solo cuando se lo recuerda. *Jombre*, hablas como si el placer fuera una cosa y la memoria otra. Todo es uno. Los séroni podrían expresarlo mejor que yo, aunque no mejor de lo que yo podría expresarlo en un poema. Lo que tú llamas «recordar» es la última parte del placer, así como el *craj* es la última parte de un poema. Cuando tú y yo nos encontramos, el encuentro terminó en seguida, no era nada. Ahora se está transformando mientras lo recordamos. Pero seguimos sabiendo muy poco sobre él. El verdadero encuentro será lo que yo recuerde cuando me tienda a esperar la muerte, lo que haya producido en mí hasta entonces. El otro es solo el comienzo. Dices que en tu mundo hay poetas. ¿No te enseñaron esto?

—Quizás algunos —dijo Ransom—. Pero incluso respecto a un poema, ¿un jross nunca desea oír un espléndido poema por segunda vez?

Desgraciadamente, la respuesta de Jyoi giró alrededor de uno de los puntos del idioma que Ransom aún no dominaba. Había dos verbos y los dos significaban, por lo que pudo entender, «ansiar» o «anhelar»; pero los jrossa hacían una neta distinción, incluso una oposición, entre ambos. Para Ransom, Jyoi parecía estar diciendo tan solo que todos lo ansiarían (*wondelone*), pero que nadie en su sano juicio podía ansiarlo (*jluntheline*).

—Y justamente el poema es un buen ejemplo —continuó—. Porque el verso espléndido solo llega a serlo gracias a todos los versos siguientes; si volvieras atrás lo encontrarías menos espléndido de lo que creías. Lo matarías. Quiero decir en un buen poema.

—¿Y en un poema torcido, Jyoi?

—Un poema torcido no es escuchado, *jombre*.

—¿Y qué me dices del amor en una vida torcida?

—¿Cómo podría torcerse la vida de un *jnau*?

—¿Quieres decir que no hay jrossa torcidos, Jyoi?

Jyoi reflexionó.

—He oído comentar algo parecido a lo que tú expresas —dijo al fin—. Dicen que a veces en algún que otro sitio un cachorro se comporta extrañamente a cierta edad. Supe de uno que quería comer tierra; quizás haya en algún lugar un jross semejante que quiera prolongar los años del amor. Nunca supe de algo así, pero podría ser. He oído algo aún más extraño. Hay un poema sobre un jross que vivió hace mucho tiempo en otro *jandramit* y que veía todas las cosas dobles: dos soles en el cielo, dos cabezas en un solo cuello, y dicen que al final cayó en un delirio tan grande que deseó tener dos compañeras. No te pido que lo creas, pero así lo cuentan: que amaba a dos *jressni*.

Ransom reflexionó sobre lo que había oído. A menos que Jyoi lo estuviera engañando, la suya era una especie sexualmente contenida y monógama por naturaleza. ¿Era tan extraño, sin embargo? Sabía que algunos animales tenían épocas regulares de reproducción y si la naturaleza podía obrar el milagro de controlar el impulso sexual, ¿por qué no podía ir más allá y fijarlo, no moral sino instintivamente, a un único objeto? Incluso recordaba haber oído algo sobre que algunos animales terrestres, algunos de los animales «inferiores», eran monógamos por naturaleza. De todos modos, era obvio que, entre los jrossa, la procreación ilimitada y la promiscuidad eran tan escasas como la más rara perversión. Finalmente comenzó a caer en la cuenta de que el misterio no eran ellos, sino su propia especie. Era poco sorprendente que los jrossa tuvieran esos instintos, pero ¿cómo podía ser que dichos instintos coincidieran tanto con los ideales nunca alcanzados por la humanidad, esa especie tan diferente, de instintos tan lamentablemente diversos? ¿Cuál era la historia de la humanidad? Pero Jyoi estaba hablando otra vez.

—Sin duda Maleldil nos hizo así —decía—. ¿Cómo podría haber alimento suficiente si todos tuviéramos veinte hijos? ¿Y cómo podríamos soportar la vida y el paso del tiempo si siempre pretendiéramos que volviera un año o un día en especial... si no supiéramos que en una vida cada día llena la vida entera de expectativas y recuerdos y que estos son ese día?

—Sin embargo, Maleldil dejó entrar al *jnakra* —dijo Ransom, llevado inconscientemente a defender su propio mundo.

—Oh, pero eso es tan distinto. Ansío matar a ese *jnakra* tanto como él ansía matarme a mí. Espero que, cuando sus mandíbulas negras se cierren con un chasquido, mi barca sea la primera y yo el primero de mi barca, con la lanza recta preparada. Y si me mata, mi gente me llorará y mis hermanos desearán aún más matarlo. Pero no querrán que no haya *jnéraki*, ni yo tampoco. ¿Cómo puedo hacértelo entender si no entiendes a los poetas? El *jnakra* es nuestro enemigo, pero también nuestro amado. Sentimos en nuestros corazones su alegría cuando mira hacia abajo desde la Montaña de Agua del norte donde ha nacido, saltamos con él cuando brinca sobre las cascadas y cuando llega el invierno y el lago humea sobre nuestras cabezas, lo vemos con sus ojos y sabemos que ha llegado la época de sus correrías. Colgamos imágenes de él en nuestras casas y el símbolo de todos los jrossa es un *jnakra*. En él vive el espíritu del valle y nuestros hijos juegan a ser *jnéraki* apenas pueden chapotear en los bajíos.

—¿Y entonces él los mata?

—No ocurre a menudo. Los jrossa serían jrossa torcidos si lo dejaran acercarse tanto. Mucho antes de que haya bajado hasta ese punto salimos a buscarlo. No, *jombre*, la desgracia para un *jnau* no es la presencia de unas cuantas muertes desparramadas por el mundo. Un *jnau* torcido es lo que enturbia el mundo. Y también te digo esto: no creo que el bosque sería tan brillante, ni el agua tan cálida, ni el amor tan dulce, si no hubiera peligro en los lagos. Te contaré un día de mi vida que ayudó a formarme; días como esos llegan solo una vez, como el amor, o como servir a Oyarsa en Meldilorn. En ese entonces yo era joven, casi un cachorro, y subí lejos, muy lejos por el *jandramit* hasta la región donde las estrellas brillan al mediodía y el agua es fría. Trepé por una gran cascada. Pisé la orilla del estanque Balki, el lugar más reverenciado de todos los mundos. Sus paredes suben sin fin y hay imágenes enormes y sagradas esculpidas en ellas, de los antiguos tiempos. Allí está la cascada que llaman la Montaña de Agua. Gracias a que permanecí allí solo, Maleldil y yo, porque ni siquiera Oyarsa me envió una palabra de apoyo, mi corazón se hizo más fuerte, mi canción más profunda para el resto de mis días. Pero ¿crees que habría sido así si no hubiese sabido que en Balki habitan los *jnéraki*? Allí bebí la vida porque la muerte estaba en el estanque. Excepto otra, fue la mejor bebida.

—¿Cuál? —preguntó Ransom.

—La muerte misma el día en que la beba y vaya a unirme a Maleldil.

Poco después se pusieron en pie y siguieron con el trabajo. El sol bajaba mientras regresaban a través del bosque. A Ransom se le ocurrió una pregunta.

—Jyoi —dijo—, acabo de recordar que cuando te vi por primera vez y antes de que tú me vieras, ya estabas hablando. Por eso supe que eras *jnau*, de lo contrario te habría tomado por un animal y habría huido. Pero ¿con quién hablabas?

—Con un eldil.

—¿Qué es eso? No vi nada.

—¿En tu mundo no hay eldila, *jombre*? Debe de ser un lugar muy extraño.

—Pero ¿qué son?

—Provienen de Oyarsa... supongo que son una especie de *jnau*.

—Hoy, cuando veníamos, pasé junto a una chica que dijo estar hablando con un eldil, pero no pude ver nada.

—Mirándote a los ojos uno puede ver que son distintos de nosotros, *jombre*. Pero los eldila son difíciles de ver. No son como nosotros. La luz los atraviesa. Debes mirar en el momento y en el lugar indicados, y no tendrás éxito a menos que el eldil desee ser visto. A veces puedes confundirlos con un reflejo del sol o incluso con un movimiento de las hojas, pero cuando miras otra vez comprendes que era un eldil y que se ha ido. Pero no sé si tus ojos podrán verlos alguna vez. Los *séroni* lo sabrían.

13

A la mañana siguiente toda la aldea estaba en movimiento antes de que la luz del sol, visible ya sobre el *jarandra*, penetrara en el bosque. A la luz de las fogatas, Ransom vio la actividad incesante de los jrossa. Las hembras derramaban comida humeante de las toscas vasijas; Jnojra dirigía el acarreo de montones de arpones a los botes; Jyoi, en medio de un grupo de cazadores expertos, hablaba con demasiada rapidez y tecnicismos para que Ransom pudiera entenderlo; llegaban grupos de las aldeas vecinas, y los cachorros, chillando de excitación, corrían de aquí para allá entre los mayores.

Descubrió que daban por sentado su participación en la cacería. Iba a ir en el bote de Jyoi, con Jyoi y Wjin. Los dos jrossa se turnarían para remar, mientras que Ransom y el jross desocupado irían en la proa. Comprendía a los jrossa lo suficiente para saber que le ofrecían el puesto de honor y que tanto Jyoi como Wjin estaban atormentados por el temor a estar remando cuando apareciera el *jnakra*. Poco antes, en Inglaterra, nada le hubiera parecido más imposible a Ransom que aceptar el puesto de honor y peligro en un ataque contra un monstruo acuático desconocido pero seguramente mortífero. Incluso más tarde, cuando había huido la primera vez de los sorns o cuando se había acostado por la noche en el bosque, compadeciéndose de sí mismo, era difícil que hubiera podido hacer lo que pretendía hacer en ese momento. Porque su intención era clara: pasara lo que pasara, debía demostrar que la especie humana también era *jnau*. Era muy consciente de que semejantes decisiones podían verse a una luz muy distinta cuando llegaba el momento de actuar, pero sentía una seguridad poco común de que de un modo u otro iba a ser capaz de cumplirla. Era necesario y lo necesario siempre es posible. Quizás también había algo en el aire que respiraba, o en la sociedad de los jrossa, que comenzaba a operar un cambio en él.

El lago empezaba a reflejar los primeros rayos del sol cuando se encontró arrodillado junto a Wjin, como le habían indicado, en la proa del bote de Jyoi, con un montoncito de arpones entre las rodillas y uno en la mano derecha, resistiendo el movimiento del bote con el cuerpo mientras Jyoi remaba para llevarlos a su sitio. En la cacería participaban por lo menos cien botes. Estaban divididos en tres grupos. El grupo central, de lejos el más pequeño, iba a subir la corriente por la que habían bajado Jyoi y Ransom después de su primer encuentro. Para eso utilizaban embarcaciones más grandes que las que había visto Ransom hasta entonces, con ocho remos. El *jnakra* acostumbraba a flotar corriente abajo en los lugares donde podía hacerlo. Al encontrarse con las barcas, suponían que se iría a la izquierda o a la derecha, hacia aguas más tranquilas. Por eso, mientras el grupo central subía batiendo la corriente, los botes livianos, remando con más velocidad, podían subir y bajar por las tranquilas aguas de las orillas, listos para recibir la presa en cuanto saliera de lo que podríamos llamar su «madriguera». En ese juego, la cantidad y la inteligencia estaban a favor de los jrossa; el *jnakra* contaba con la velocidad y también con la invisibilidad, porque podía nadar bajo el agua. Era casi invulnerable, salvo en la boca abierta. Si los dos cazadores del bote sobre el que se abalanzara disparaban mal, eso significaba por lo común el fin para ellos y su embarcación.

En los grupos de barcas livianas, un cazador valeroso podía intentar dos cosas: mantenerse bien atrás y cerca de las embarcaciones largas, donde era más probable que apareciera el *jnakra*, o adelantarse todo lo posible con la esperanza de encontrar al *jnakra* yendo a toda velocidad y aún ignorante de la cacería, y obligarlo, mediante un arpón bien lanzado, a abandonar la corriente en ese momento y lugar. Así uno podía anticiparse a los batidores y matar al animal (si es que así terminaba el encuentro) por sus propios medios. Ese era el deseo de Jyoi y de Wjin, y casi —tanto lo habían contagiado— de Ransom. De modo que apenas las pesadas embarcaciones de los batidores habían comenzado su lento avance corriente arriba en medio de una pared de espuma, descubrió que su propio bote aceleraba hacia el norte a la máxima velocidad que Jyoi podía darle, pasando un bote tras otro y buscando aguas menos ocupadas. La velocidad era estimulante. En la fría mañana, el calor de la extensión azul por la que navegaban no era desagradable. Detrás de ellos se alzaban, rebotando contra las lejanas cimas rocosas que bordeaban el valle, las voces profundas como campanas de más de doscientos jrossa, más musicales que el ladrar de los mastines, pero semejantes a él en el propósito y el tono. Despertaron en Ransom algo que había dormido durante mucho tiempo en su interior. En ese momento no le parecía imposible que incluso él pudiera ser el matador del *jnakra*, que la fama del *jombre-jnakra-punt* fuera transmitida a la posteridad de ese mundo que no conocía ningún otro hombre. Pero había tenido sueños parecidos anteriormente y sabía cómo terminaban. Impuso humildad al tumulto de sus emociones y volvió los ojos hacia el agua agitada de la corriente, que bordeaban sin adentrarse, y vigiló con atención.

Durante un buen rato no pasó nada. Tomó conciencia de la rigidez de su postura y relajó deliberadamente los músculos. Poco después, Wjin se dirigió de mala gana a popa para remar y Jyoi se adelantó para reemplazarlo. Casi en el mismo momento en que hacían el cambio, Jyoi le dijo en voz baja, sin apartar los ojos de la corriente:

—Hay un eldil sobre el agua que viene hacia nosotros.

Ransom no vio nada, o nada que pudiera distinguirse del producto de su imaginación y del movimiento de la luz solar sobre el lago. Un momento después, Jyoi volvió a hablar, pero no a él.

—¿Qué ocurre, nacido en el cielo?

Lo que pasó a continuación fue la experiencia más asombrosa que había vivido nunca en Malacandra. Oyó la voz. Parecía brotar del aire, un metro por encima de su cabeza, y era casi una octava más alta que la del jross, más alta incluso que la suya. Se dio cuenta de que una ligera variación del oído hubiera hecho que el eldil fuera para él tan inaudible como invisible.

—Es el hombre que va contigo, Jyoi —dijo la voz—. No tendría que estar aquí. Tendría que estar yendo a ver a Oyarsa. *Jnau* torcidos de su propia especie de Thulcandra lo están siguiendo; debería ir a ver a Oyarsa. Si lo encuentran en cualquier otro sitio, habrá maldad.

—Él te oye, nacido en el cielo —dijo Jyoi—. ¿Y no tienes un mensaje para mi mujer? Tú sabes lo que ella desea oír.

—Tengo un mensaje para Jleri —dijo el eldil—. Pero tú no podrás transmitírselo. Iré yo ahora mismo. Solo deben dejar que el Hombre vaya a Oyarsa.

Hubo un momento de silencio.

—Se fue —dijo Wjin—. Y no podemos seguir participando en la cacería.

—Sí —dijo Jyoi con un suspiro—. Debemos desembarcar al *jombre* y enseñarle el camino hacia Meldilorn.

Ransom no estaba tan seguro de su coraje como de que una parte de sí mismo sentía un alivio instantáneo ante la idea de cualquier desviación de sus ocupaciones actuales. Pero otra parte lo conminaba a aferrarse a su hombría recién descubierta. Ahora o nunca, con esos compañeros o con nadie más, debía levantar en su memoria una hazaña en vez de otro sueño destruido. Obedeciendo a algo parecido a la conciencia, dijo:

—No, no. Tenemos tiempo para eso después de la cacería. Antes debemos matar al *jnakra*.

—Una vez que un eldil ha hablado... —comenzó Jyoi, cuando de pronto Wjin lanzó un grito poderoso (un «ladrido», lo habría llamado Ransom tres semanas antes) y señaló algo. Allí, a menos de cuatrocientos metros, había una huella espumosa, como de torpedo, y, en seguida, visible a través de una pared de espuma, captaron el destello metálico de los flancos del monstruo. Wjin remaba furiosamente. Jyoi lanzó el arma y falló. Cuando su primer arpón golpeó el agua, el segundo ya estaba en el aire. Esta vez tenía que haber tocado al *jnakra*. El animal giró saliendo de la corriente. Ransom vio el gran pozo negro de su boca abrirse y cerrarse dos veces con un chasquido de dientes de tiburón. Ahora él mismo había arrojado el arpón, apurado, excitado, con mano inexperta.

—¡Retrocede! —le gritó Jyoi a Wjin, que remaba empleando cada ápice de su enorme fuerza. Luego todo se volvió confuso. Ransom oyó que Wjin gritaba «¡A la costa!». Hubo un choque que lo lanzó casi en las fauces del *jnakra*, y en el mismo instante se encontró hundido en el agua hasta el pecho. Los dientes chasqueaban hacia él. Luego, mientras lanzaba un arpón tras otro dentro de la gran caverna del monstruo boqueante, vio que Jyoi trepaba increíblemente sobre el dorso del animal (sobre su hocico), se inclinaba hacia adelante y arrojaba las lanzas desde allí. El jross fue desalojado casi de inmediato y cayó salpicando a unos diez metros de distancia. Pero el *jnakra* estaba herido de muerte. Se revolcaba sobre el flanco, entregando en burbujas su negra vida. A su alrededor, el agua era oscura y maloliente.

Cuando Ransom recobró la calma estaban todos en la orilla, mojados, echando vapor, temblando por el ejercicio y abrazándose unos a otros. Ahora no le parecía extraño ser palmeado por un animal de piel mojada. El aliento de los jrossa, que a pesar de ser suave no era humano, no lo ofendía. Era uno entre ellos. Había superado la barrera que los jrossa, acostumbrados a más de una especie racional, quizás nunca habían sentido. Todos eran *jnau*. Habían luchado hombro con hombro contra el enemigo y la forma de sus cabezas ya no importaba. Y hasta él, Ransom, había pasado por la prueba sin deshonor; había crecido.

Estaban sobre un pequeño promontorio libre de vegetación alta, sobre el que habían encallado en la confusión de la lucha. Los restos del bote y el cadáver del monstruo se entremezclaban en el agua junto a ellos. No se oía el menor sonido de la partida de caza; cuando se habían encontrado con el *jnakra* estaban a casi un kilómetro y medio de distancia. Se sentaron los tres a recobrar el aliento.

—Así que todos somos *jnakrapunti* —dijo Jyoi—. Es lo que he deseado toda la vida.

En ese instante, Ransom quedó ensordecido por un poderoso estruendo, un estruendo totalmente familiar, lo último que esperaba oír. Era un sonido terrestre, humano y civilizado, incluso europeo. Era el estallido de un rifle inglés, y, a sus pies, Jyoi se esforzaba por levantarse y jadeaba. Mientras lo hacía, apareció sangre sobre la blanca hierba. Ransom se dejó caer de rodillas junto a él. El enorme cuerpo del jross era demasiado pesado para poder voltearlo solo. Wjin lo ayudó.

—¿Jyoi, puedes oírme? —dijo Ransom acercando la cara a la redonda cabeza de foca—. Jyoi, esto ha sucedido por mí. Te han herido los otros *jombra*, los dos torcidos que me trajeron a Malacandra. Pueden lanzar la muerte a mucha distancia con un aparato que han construido. Tendría que habértelo dicho. Somos todos una raza torcida. Hemos llegado aquí para traer el mal a Malacandra. Somos *jnau* solo a medias... Jyoi...

No podía expresar lo que quería decir. No conocía las palabras para «perdona» o «vergüenza» o «culpa», ni siquiera las palabras para decir «lo lamento». Solo pudo mirar con fijeza y hundido en su culpa sin voz, el rostro contorsionado de Jyoi. Pero el jross parecía entender, trataba de decir algo, y Ransom acercó el oído a la boca que se esforzaba por hablar. Los ojos de Jyoi iban poniéndose opacos y estaban fijos en los suyos, pero, incluso en un momento como ese, la expresión de un jross no le era perfectamente inteligible.

—Jom... jomm... —murmuró y, luego, al fin—: *Jombre jnakrapunt.*

Después una contorsión le recorrió todo el cuerpo, un borbotón de sangre y saliva le brotó de la boca; los brazos de Ransom cedieron bajo el súbito peso muerto de la cabeza que caía hacia atrás, y el rostro de Jyoi se volvió tan extraño y animal como en el primer encuentro. Los ojos vidriosos y la piel sucia, que se iba poniendo rígida lentamente, eran como los de cualquier animal muerto encontrado en un bosque de la Tierra.

Ransom resistió el impulso infantil de insultar a Weston y Devine. En vez de eso, alzó los ojos para encontrar los de Wjin, que estaba agachado (los jrossa no se arrodillan) al otro lado del cadáver.

—Estoy en las manos de tu pueblo, Wjin —dijo—. Pueden hacer lo que quieran conmigo. Pero si son sensatos, me matarán y, por supuesto, matarán a los otros dos.

—Uno no mata a un *jnau* —dijo Wjin—. Solo Oyarsa lo hace. Pero ¿dónde están esos otros?

Ransom miró a su alrededor. El promontorio era terreno descubierto, pero el espeso bosque llegaba hasta donde el promontorio se unía a tierra firme, a menos de doscientos metros de distancia.

—En algún lugar del bosque —dijo—. Agáchate, Wjin, aquí donde el terreno es más bajo. Pueden volver a tirar con su aparato.

Tuvo cierta dificultad para lograr que Wjin hiciera lo que le sugería. Cuando los dos estuvieron cuerpo a tierra, con los pies casi en el agua, el jross volvió a hablar.

—¿Por qué lo mataron? —preguntó.

—No sabían que era *jnau* —dijo Ransom—. Ya les expliqué que en nuestro mundo hay una sola clase de *jnau*. Deben de haber creído que era un animal. Si pensaron eso, pueden haberlo matado por placer o por miedo o... —vaciló— porque tienen hambre. Pero debo decirte la verdad, Wjin. Matarían incluso a un *jnau*, sabiendo que es *jnau*, si pensaran que su muerte les resulta útil.

Se produjo un breve silencio.

—Me pregunto si me han visto —dijo Ransom—. Me buscan a mí. Quizás si me entrego se queden satisfechos y no entren en tu territorio. Pero ¿por qué no salen del bosque para ver lo que han matado?

—Está llegando nuestra gente —dijo Wjin, girando la cabeza.

Ransom miró hacia atrás y vio que el lago estaba negro de botes. Los demás cazadores estarían con ellos en pocos minutos.

—Tienen miedo de los jrossa —dijo Ransom—. Por eso no salen del bosque. Me entregaré a ellos, Wjin.

—No —dijo Wjin—. He estado pensando. Todo esto ha pasado por no obedecer al eldil. Él dijo que deberías ir a ver a Oyarsa. Ya tendrías que estar en camino. Debes partir ahora mismo.

—Pero eso dejará aquí a los *jombra* torcidos. Pueden hacer más daño.

—No avanzarán sobre los jrossa. Dijiste que tienen miedo. Lo más probable es que nosotros vayamos sobre ellos. No temas... no nos verán ni nos oirán. Los llevaremos a Oyarsa. Pero tú debes ir ahora, como dijo el eldil.

—Tu gente pensará que escapé porque temía mirarlos a la cara después de la muerte de Jyoi.

—No se trata de pensar, sino de lo que dijo el eldil. Lo demás son cuentos infantiles. Ahora escucha y te enseñaré el camino.

El jross le explicó que a cinco días de viaje hacia el sur el *jandramit* se unía a otro *jandramit*, y subiendo tres días más por ese *jandramit* hacia el noroeste estaba Meldilorn, donde vivía Oyarsa. Pero había un atajo, un camino montañoso que atravesaba el *jarandra* entre los dos desfiladeros, que lo llevaría a Meldilorn en dos días. Debía entrar al bosque que había ante ellos y atravesarlo hasta llegar a la pared montañosa del *jandramit*, y seguir hacia el sur bordeando las montañas hasta llegar a un camino abierto entre ellas. Tenía que trepar por él y, en algún sitio más allá de la cima de las montañas, llegaría a la torre de Augray. Augray lo ayudaría. Wjin se daba cuenta de que Ransom podía encontrarse con los otros dos *jombra* en cuanto penetrara en el bosque.

—Si te atrapan, entonces será como tú dices, no se adentrarán en nuestra región. Pero es mejor que te encuentren de camino hacia Oyarsa que quedarte aquí. Y, cuando estés yendo hacia él, no creo que permita que los torcidos te detengan.

Ransom no estaba convencido en absoluto de que eso fuera lo mejor para él y los jrossa. Pero el estupor que le causaba la humillación por haber caído Jyoi le impedía resistirse. Solo sentía ansiedad por hacer lo que ellos quisieran, molestarlos lo menos posible y sobre todo alejarse.

Era imposible saber lo que sentía Wjin, y Ransom reprimió con firmeza un impulso insistente, llorica, de renovar sus quejas y remordimientos, las autoinculpaciones que pudieran provocar palabras de perdón. Con su último aliento, Jyoi lo había llamado «matador-de-*jnakra*»; era un perdón generoso y debía contentarse con él. En cuanto dominó los detalles de su ruta, se despidió de Wjin y avanzó solo hacia el bosque.

14

Hasta que llegó al bosque, Ransom no pudo pensar en otra cosa que en un posible balazo del rifle de Weston o Devine. Creyó que lo más probable era que lo quisieran vivo y no muerto, y eso, unido a que sabía que un jross lo estaba observando, le permitió marchar con cierta compostura aparente. Incluso cuando ya se había adentrado en el bosque seguía sintiéndose en peligro. Los largos tallos sin ramas solo servían de «refugio» si uno se alejaba lo suficiente del enemigo, y, en este caso, el enemigo podía estar muy cerca. Sintió un fuerte impulso de gritar a Devine y Weston que se entregaba, lo racionalizó pensando que quizás eso los alejaría de la región, ya que lo más probable era que lo llevaran hacia los sorns y dejaran tranquilos a los jrossa. Pero Ransom sabía un poco de psicología y había oído hablar del instinto irracional que siente un hombre perseguido por entregarse; en realidad, él mismo lo había experimentado en sueños. Ese era el tipo de truco que estaban tratando de jugarle sus nervios. De cualquier modo, de allí en adelante estaba decidido a obedecer a los jrossa o a los eldila. Sus esfuerzos por confiar en su propio juicio en Malacandra habían terminado hasta entonces en tragedia. Desafiando por anticipado cualquier cambio de ánimo, tomó la fuerte determinación de llevar a cabo fielmente el viaje hasta Meldilorn, si es que era posible hacerlo.

Esa firme decisión le parecía muy acertada, ya que tenía graves presentimientos sobre el viaje. Sabía que el *jarandra* que debía cruzar era el lugar donde vivían los sorns. De hecho, estaba caminando por voluntad propia hacia la misma trampa que había tratado de evitar desde su llegada a Malacandra. (Ahí el primer cambio de ánimo trató de ganar partido. Ransom lo sofocó). Y, aunque pasara entre los sorns y llegara a Meldilorn, ¿quién o qué podía ser Oyarsa? Wjin había observado ominosamente que Oyarsa no compartía la objeción de los jrossa a derramar la sangre de un *jnau*. Y, además, Oyarsa reinaba tanto sobre los sorns como sobre los jrossa y los pfifltriggi. Quizás era sencillamente el supremo sorn. Y entonces apareció el segundo cambio de ánimo: los viejos miedos terrestres a algo extraño, de inteligencia fría, poder sobrehumano y crueldad sobrehumana, que entre los jrossa habían desaparecido por completo, trataron de reaparecer con intensidad. Pero siguió caminando con determinación. Él iba hacia Meldilorn. Se dijo que era imposible que los jrossa obedecieran a una criatura monstruosa o maligna. Le habían dicho (¿o no?; no estaba seguro del todo) que Oyarsa no era un sorn.

¿Era un dios Oyarsa? Quizás fuese el ídolo mismo al que iban a sacrificarlo los sorns. Pero, aunque los jrossa habían dicho cosas extrañas sobre él, negaron con claridad que fuera un dios. Según ellos, había un solo dios, Maleldil el Joven. Además era imposible imaginar a Jyoi y Jnojra adorando a un ídolo sanguinario. Desde luego, a menos que los jrossa estuvieran después de todo bajo el dominio de los sorns, superiores a sus amos en todas las cualidades que valoran los seres humanos, pero inferiores y dependientes en lo intelectual. Sería un mundo extraño pero no inconcebible; el heroísmo y la poesía en la base, la fría inteligencia científica más arriba y, en la cúspide, alguna superstición oscura que la inteligencia científica, una vez más impotente ante la revancha de las profundidades emocionales que había ignorado, no tenía la voluntad ni el poder necesarios para erradicar. Un fetiche... Ransom se contuvo. Sabía ya demasiado para hablar de ese modo. Él y todos los de su clase habrían llamado superstición a los eldila si solo hubieran oído su descripción, pero él había oído su voz. No, si Oyarsa era en algún sentido una persona, era una persona real.

Había caminado cerca de una hora y era casi mediodía. Hasta entonces no había tenido problemas con la dirección a seguir; se había limitado a ir colina arriba y estaba seguro de que tarde o temprano saldría del bosque y llegaría a la pared montañosa. Entretanto, se sentía notablemente bien, aunque con la mente muy castigada. La media luz purpúrea, silenciosa de los bosques se tendía a su alrededor como había sucedido en su primer día en Malacandra; sin embargo, todo lo demás había cambiado. Recordó esos momentos como una pesadilla y el estado de ánimo de ese entonces como una especie de enfermedad: todo era desaliento lloroso, sin analizar, autoalimentado y autodestructor. Ahora, a la luz clara de un deber aceptado, sentía miedo, es cierto, pero con una sobria sensación de confianza en sí mismo y en el mundo, y hasta un matiz de placer. Era la diferencia entre un hombre de tierra firme sobre un barco que se hunde y un jinete sobre un caballo desbocado: cualquiera de los dos puede morir, pero el jinete es tanto un sujeto activo como pasivo.

Cerca de una hora después de mediodía, salió bruscamente del bosque hacia la brillante luz del sol. Estaba a solo veinte metros de las bases casi perpendiculares de las agujas montañosas, demasiado cerca para ver sus cumbres. En el lugar donde había desembocado, una especie de valle subía por la entrante entre dos montañas, un valle imposible de trepar que consistía en una única inclinación cóncava de piedra, al principio empinada como el techo de una casa y más arriba casi vertical. Hasta parecía inclinarse un poco hacia afuera en la cima, como una ola de roca en el preciso instante de romper. «Pero eso —pensó— debe de ser una ilusión óptica». Se preguntó a qué le llamarían un camino los jrossa.

Empezó a abrirse paso hacia el sur a lo largo del terreno estrecho, desparejo, que corría entre el bosque y la montaña. Debía cruzar a cada momento grandes estribaciones e, incluso en un mundo liviano como ese, era un esfuerzo intensamente agotador. Media hora después llegó a un arroyo. Allí se adentró unos pocos pasos en el bosque, cortó una abundante provisión de hierba y se sentó a comer junto a la orilla del agua. Cuando terminó se llenó los bolsillos con lo que sobraba y siguió adelante.

Pronto empezó a sentirse ansioso por encontrar el camino que debía seguir, ya que si podía alcanzar de algún modo la cumbre, tenía que hacerlo a la luz del día, y se acercaba la caída de la tarde. Pero sus temores eran infundados. Cuando apareció resultó inconfundible. A la izquierda se abría una senda que entraba en el bosque —ahora debía de estar en algún sitio detrás de la aldea jross— y a la derecha vio el camino, un simple reborde y, en algunos sitios, un surco que penetraba de costado y hacia arriba en un valle parecido al que ya había visto. Le cortó la respiración: una escalera sin escalones, horriblemente estrecha, demencialmente empinada, que subía y subía desde donde estaba hasta convertirse en un hilo casi invisible sobre la pálida superficie verde de la roca. Pero no tenía tiempo de pararse a mirar. No era hábil en calcular alturas, pero estaba seguro de que la cima del camino estaba separada de él por una distancia comparable a la de los Alpes. Tardaría en alcanzarla por lo menos hasta el anochecer. Comenzó la ascensión de inmediato.

Semejante viaje habría sido imposible en la Tierra; el primer cuarto de hora habría llevado a un hombre del tamaño y edad de Ransom al agotamiento. Aquí se sintió al principio encantado por la facilidad de sus movimientos y luego tambaleante por la inclinación y la extensión de la pendiente que, aun bajo las condiciones malacándricas, pronto le hizo curvar la espalda y le causó dolor en el pecho y temblor en las rodillas. Pero eso no era lo peor. Ya empezaba a oír un zumbido en los oídos y notó que a pesar del esfuerzo no tenía sudor en la frente. El frío, que aumentaba a cada paso, parecía minar su vitalidad más intensamente que cualquier tipo de calor. Ya tenía los labios cortados; cuando jadeaba, el aliento salía en forma de vapor y se le habían dormido los dedos. Subía a través de un silencioso mundo ártico y ya había pasado de un invierno inglés a un invierno lapón. Eso lo asustó y decidió que debía descansar allí o no descansar; si lo hacía cien pasos más adelante se quedaría sentado para siempre. Se agachó sobre el camino durante unos minutos, golpeándose el cuerpo con los brazos. El paisaje era aterrador. El *jandramit* que había constituido su mundo durante tantas semanas era solo una grieta púrpura hundida en medio de la chata desolación sin límites del *jarandra*, que ahora aparecía con claridad sobre la orilla opuesta, entre y por encima de los picos montañosos. Pero mucho antes de sentirse descansado supo que debía seguir o morir.

El mundo se hizo más extraño. Entre los jrossa casi había perdido la sensación de estar sobre un planeta extraño; ahora volvió a experimentarlo con una fuerza desoladora. Ya no era «el mundo», apenas podía llamarse «un mundo»; era un planeta, una estrella, un árido lugar del universo, a millones de kilómetros del mundo de los hombres. Era imposible recordar lo que había sentido por Jyoi, Wjin, los eldila u Oyarsa. Le parecía fantástico haber pensado que tenía deberes hacia tales espantajos —si no eran alucinaciones— encontrados en las extensiones vírgenes del espacio. No tenía nada que ver con ellos: él era un hombre. ¿Por qué lo habían abandonado Weston y Devine de esa forma?

Pero la antigua determinación, tomada cuando aún podía pensar, lo llevaba camino arriba. A menudo olvidaba adónde se dirigía y por qué. El movimiento se convirtió en un ritmo mecánico: del cansancio a la inmovilidad, de la inmovilidad al frío insoportable, del frío una vez más al movimiento. Notó que el *jandramit* —ahora una porción insignificante del paisaje— estaba inundado por una especie de bruma. Nunca había visto niebla mientras vivió allí. Quizás así se veía el aire del *jandramit* desde arriba; ciertamente era un aire distinto a este. En sus pulmones y en su corazón algo andaba mal, más de lo que podía achacársele al frío y al ejercicio. Y, aunque no había nieve, lo rodeaba una brillantez extraordinaria. La luz aumentaba, haciéndose más blanca y más incisiva, y el cielo era de un azul más oscuro que el que había visto hasta entonces sobre Malacandra. En realidad, era más que azul; era casi negro y las dentadas agujas rocosas se alzaban contra él como la imagen mental que Ransom se hacía de un paisaje lunar. Se veían algunas estrellas.

De pronto comprendió el significado de esos fenómenos. Había muy poco aire sobre él; estaba cerca del límite. La atmósfera de Malacandra se extendía principalmente en los *jandramits*, la verdadera superficie del planeta estaba desnuda o apenas cubierta por ella. La hiriente luz solar y el cielo negro que había sobre él eran el «cielo» del que había caído al mundo malacándrico, apareciendo tras el delgado velo final de aire. Si la cima estaba a más de trescientos metros, se encontraba en un lugar irrespirable para el hombre. Se preguntó si los jrossa tendrían pulmones distintos y lo habrían enviado por un camino que significaba la muerte para un ser humano. Pero, mientras aún lo estaba pensando, advirtió que los picos dentados que fulguraban a la luz del sol contra un cielo casi negro estaban a su mismo nivel. Ransom ya no subía. El camino continuaba ante él por una especie de garganta poco profunda limitada a la izquierda por las cimas rocosas más altas y a la derecha por una suave pendiente de piedra que subía hacia el verdadero *jarandra*. Y aún podía respirar, aunque jadeando, mareado y con dolor. Peor era el resplandor en los ojos. Se ponía el sol. Los jrossa tendrían que haberlo previsto; ellos tampoco podrían vivir de noche en el *jarandra*. Todavía tambaleándose, miró alrededor en busca de alguna señal de la torre de Augray, fuera quien fuese ese Augray.

Sin duda exageró el lapso en el que vagó de esa manera y vio cómo las sombras de las rocas se alargaban hacia él. En realidad no podía haber pasado tanto tiempo antes de ver una luz más adelante, que indicaba con su presencia lo oscuro que se había vuelto el paisaje alrededor. Trató de correr, pero el cuerpo no le respondía. Tropezando por la precipitación y el cansancio, se dirigió hacia la luz, creyó que la había alcanzado y descubrió que estaba mucho más lejos de lo que había pensado. Casi se desesperó, volvió a marchar tambaleándose y al fin llegó a lo que parecía la entrada de una caverna. La luz del interior temblaba y una deliciosa ola de calor le dio en la cara. Era un fuego. Pasó por la boca de la caverna y luego, inseguro, rodeó la hoguera hacia el interior y se quedó inmóvil, parpadeando en la luz. Cuando por fin pudo ver, percibió una pulida y altísima cámara de piedra verde. En ella había dos cosas. Una, que danzaba sobre la pared y el techo, era la sombra enorme y angulosa de un sorn; la otra, agachada ante él, era el sorn en carne y hueso.

15

—Entra, Pequeño —resonó la voz del sorn—. Entra y deja que te vea.

Ahora que tenía enfrente al espectro que lo había espantado desde que puso los pies en Malacandra, Ransom sentía una notable indiferencia. No tenía la menor idea de lo que podía pasar, pero estaba decidido a cumplir con su plan. Entretanto, el calor y el aire respirable eran en sí un paraíso. Entró, bastante más allá del fuego, y contestó al sorn. Su propia voz le sonó aguda y estridente.

—Los jrossa me han enviado a ver a Oyarsa —dijo.

El sorn lo escrutó.

—No eres de este mundo —dijo de pronto.

—No —contestó Ransom y se sentó. Estaba demasiado cansado para dar explicaciones.

—Creo que eres de Thulcandra, Pequeño —dijo el sorn.

—¿Por qué? —dijo Ransom.

—Eres pequeño y compacto y así es como deben estar constituidos los seres en un mundo más pesado. No puedes venir de Glundandra, porque es tan pesado que si hubiese animales que vivieran en él, serían aplastados como platos... Hasta tú, Pequeño, te quebrarías si estuvieras de pie en ese mundo. No creo que seas de Perelandra, porque tiene que ser un sitio muy caliente, y si alguien viniera de allí, no viviría al llegar a esta región. Así que deduzco que eres de Thulcandra.

—El mundo del que vengo lo llaman Tierra los que viven en él —dijo Ransom—. Y es mucho más cálido que este. Antes de llegar a tu cueva estaba casi muerto del frío y la falta de aire.

El sorn hizo un movimiento repentino con uno de los miembros delanteros. Ransom se puso tenso (aunque se obligó a no retroceder), porque la criatura podía intentar agarrarlo. En realidad, sus intenciones eran buenas. Tomó de la pared algo que parecía una taza, estirándose hacia la parte posterior de la caverna. Luego Ransom vio que estaba unida a un trozo de tubo flexible. El sorn se la puso en las manos.

—Aspira en esto —dijo—. Los jrossa también lo necesitan cuando pasan por este camino.

Ransom inhaló y se sintió aliviado de inmediato. Cedieron la dolorosa falta de aliento y la tensión del pecho y las sienes. El sorn y la caverna iluminada, que a sus ojos habían sido hasta ese momento imprecisos y parecidos a un sueño, tomaron una nueva realidad.

—¿Oxígeno? —preguntó, pero, como era natural, la palabra inglesa no significaba nada para el sorn.

»¿Te llaman Augray? —preguntó.

—Sí —dijo el sorn—. ¿Cómo te llaman a ti?

—El animal que soy se llama hombre y por eso los jrossa me llaman *jombre*. Pero mi nombre es Ransom.

—Hombre... Ren-sum —dijo el sorn.

Ransom notó que hablaba de manera diferente a los jrossa, sin el menor rastro de la insistente «J» inicial.

Estaba sentado sobre los muslos largos, triangulares, con las piernas encogidas. Un hombre en la misma posición podría haber descansado el mentón sobre las rodillas, pero las piernas del sorn eran demasiado largas para eso. Las rodillas se alzaban por encima de los hombros a cada lado de la cabeza (sugiriendo un par de orejas grotescas y enormes) y la cabeza, asomando entre ellas, descansaba el mentón sobre el pecho sobresaliente. La criatura parecía tener doble mentón o barba, y a la luz del fuego Ransom no pudo distinguir de qué se trataba. El color del sorn era entre blanco y cremoso, y parecía estar cubierto hasta los tobillos por una especie de sustancia blanda que reflejaba la luz. En las largas y frágiles piernas, la parte que tenía más cerca de él, Ransom vio que se trataba de una especie de abrigo natural. No de piel, sino más bien de plumas. De hecho, eran casi exactamente como plumas. Visto de cerca, el ser era menos aterrador de lo que había esperado y hasta un poco más pequeño. Era cierto que era difícil acostumbrarse al rostro: era demasiado largo, demasiado solemne y demasiado incoloro, y se parecía desagradablemente al de un ser humano más de lo que debería parecerse el rostro de un animal. Los ojos resultaban demasiado pequeños en él, como ocurre en todos los seres grandes. Pero era más grotesco que horrible. En su mente empezó a formarse un nuevo concepto de los sorns: las ideas de «gigante» y «espectro» retrocedieron para dar paso a las de «duende» y «desgarbado».

—Quizás tengas hambre, Pequeño —dijo.

Ransom tenía hambre. El sorn se levantó con extraños movimientos de araña y comenzó a ir y venir por la caverna, seguido por su delgada sombra de duende. Le trajo la comida vegetal común en Malacandra y una bebida fuerte con la muy agradable adición de una sustancia lisa y marrón que aparecía al gusto, la vista y el olfato como queso, pero que no podía serlo. Ransom le preguntó qué era.

El sorn empezó a explicarle trabajosamente cómo las hembras de algunos animales segregaban un fluido para el alimento de su cría, y habría seguido con la descripción de todo el proceso de ordeñe y fabricación del queso si Ransom no lo hubiera interrumpido.

—Sí, sí —dijo —. En la Tierra hacemos lo mismo. ¿Qué animal utilizan ustedes?

—Es una bestia amarilla de largo cuello. Se alimenta de los bosques que crecen en el *jandramit*. Los jóvenes sorns que aún no sirven para mucho más que eso las llevan por la mañana a esa zona y las siguen mientras se alimentan; luego, antes de la noche, las traen de vuelta y las encierran en cuevas.

La idea de que los sorns fueran pastores alivió por un momento a Ransom. Luego recordó que los cíclopes de Homero se dedicaban al mismo oficio.

—Creo que vi a uno de los tuyos haciendo ese trabajo —dijo—. Pero ¿los jrossa... les permiten utilizar sus bosques?

—¿Por qué no iban a hacerlo?

—¿Ustedes gobiernan a los jrossa?

—Oyarsa los gobierna.

—¿Y quién los gobierna a ustedes?

—Oyarsa.

—Pero ¿ustedes saben más que los jrossa?

—Los jrossa solo saben hacer poemas y pescar y hacer que crezcan cosas del suelo.

—Y Oyarsa... ¿es un sorn?

—No, no, Pequeño. Te dije que él gobierna a todos los *nau* (así pronunciaba *jnau*) y todo lo que existe en Malacandra.

—No entiendo a ese Oyarsa —dijo Ransom—. Cuéntame más.

—Oyarsa no muere —dijo el sorn—. Y no se reproduce. Cuando hicieron Malacandra, él fue el único en su especie que pusieron aquí para que la gobernara. Su cuerpo no es como el nuestro, ni como el tuyo; es difícil verlo y la luz lo atraviesa.

—¿Como un eldil?

—Sí, es el mayor eldil que haya aparecido alguna vez en una *jandra*.

—¿Qué son los eldila?

—¿Pretendes decirme que en tu mundo no hay eldila, Pequeño?

—Que yo sepa, no. Pero ¿qué son los eldila y por qué no puedo verlos? ¿No tienen cuerpo?

—Por supuesto que tienen cuerpo. Hay una gran cantidad de cuerpos que no puedes ver. El ojo de cada animal ve unas cosas y otras no. ¿En Thulcandra no saben que hay muchas clases de cuerpos?

Ransom trató de darle al sorn cierta idea sobre la terminología terrestre para los sólidos, los líquidos y los gases. El sorn lo escuchó con mucha atención.

—Ese no es el modo de decirlo —contestó—. El cuerpo es movimiento. Si va a una determinada velocidad, hueles algo; si va a otra, oyes un sonido; si va a una tercera, ves algo; si va a otra, finalmente, no puedes verlo ni oírlo, ni olerlo, ni saber cómo es ese cuerpo en ningún sentido. Pero ten en cuenta, Pequeño, que los extremos se tocan.

—¿Qué quieres decir?

—Si el movimiento se hace más rápido, entonces lo que se mueve está más cerca de dos lugares al mismo tiempo.

—Es cierto.

—Pero si el movimiento fuera aún más veloz (es difícil explicártelo, porque conoces pocas palabras), comprendes que al aumentar cada vez más su velocidad, finalmente la cosa en movimiento estaría en todos los lugares a la vez, Pequeño.

—Creo que lo entiendo.

—Bien, entonces esa cosa está por encima de todos los cuerpos: es tan veloz que está inmóvil, tan verdaderamente corpórea que ha dejado de ser un cuerpo en todos los sentidos. Pero no hablemos de eso. Empecemos a partir de nuestra situación, Pequeño. La cosa más veloz que toca nuestros sentidos es la luz. No vemos verdaderamente la luz, solo vemos las cosas más lentas iluminadas por ella, así que para nosotros la luz está en el límite: es lo último que conocemos antes de que las cosas se vuelvan demasiado veloces para nosotros. Pero el cuerpo de un eldil es un movimiento rápido como la luz; podríamos decir que su cuerpo está hecho de luz, pero no de lo que es la luz para un eldil. Su «luz» es un movimiento más veloz que para nosotros no es nada, y lo que llamamos luz es para él algo como el agua, una cosa visible, que puede tocar y en la que puede bañarse; es incluso una cosa oscura cuando no está iluminada por la más veloz. Y lo que nosotros llamamos cosas sólidas (la carne, la tierra) a él se le aparecen más sutiles, más difíciles de ver que nuestra luz y más semejantes a nubes, y casi iguales a la nada. Para nosotros el eldil es un cuerpo tenue, apenas real, que puede atravesar las paredes y la roca; desde su punto de vista las atraviesa porque es sólido y firme y los objetos son como nubes. Y lo que para el eldil es verdadera luz y llena el cielo, de modo que a veces necesita sumergirse en los rayos del sol para refrescarse, para nosotros es la negra nada del cielo nocturno. Estas cosas no son extrañas, aunque estén más allá de nuestros sentidos, Pequeño. Lo que es extraño es que los eldila nunca visiten Thulcandra.

—No estoy seguro de eso —dijo Ransom. Había empezado a pensar que las tradiciones humanas sobre seres brillantes y esquivos que a veces aparecían en la Tierra (*alns*, *devas* y otros) podían tener después de todo una explicación muy distinta a la que habían dado los antropólogos hasta entonces. Es verdad que el universo se vería volteado como un guante, pero sus experiencias en la astronave lo habían preparado para semejante operación.

—¿Por qué Oyarsa envió a buscarme? —preguntó.

—Oyarsa no me lo dijo —dijo el sorn—. Pero sin duda quiere ver a cualquier forastero que venga de otra *jandra*.

—En mi mundo no tenemos Oyarsa —dijo Ransom.

—Es una prueba más de que vienes de Thulcandra, el planeta silencioso —dijo el sorn.

—¿Y eso qué tiene que ver?

El sorn parecía sorprendido.

—Sería raro que si tuviesen un Oyarsa nunca hablara con el nuestro.

—¿Hablar con el suyo? Pero sería imposible; está a millones de kilómetros de distancia.

—Oyarsa no lo vería de ese modo.

—¿Quieres decir que es común que reciba mensajes de otros planetas?

—Una vez más, él no lo diría así. Oyarsa no diría que él vive en Malacandra y que otro Oyarsa vive sobre otra tierra. Para él Malacandra es solo un lugar en los cielos, y es en los cielos donde viven él y los demás. Por supuesto que hablan entre ellos...

La mente de Ransom abandonó la cuestión; tenía demasiado sueño y podía estar malinterpretando lo que decía el sorn.

—Creo que debo dormir, Augray —dijo—. No entiendo bien lo que estás diciendo. Además, es posible que yo no venga de lo que tú llamas Thulcandra.

—Dentro de un momento los dos nos iremos a dormir —dijo el sorn—. Pero antes te mostraré tu Thulcandra.

Se puso de pie y Ransom lo siguió hasta el fondo de la cueva. Allí había un pequeño hueco y subiendo dentro de él una escalera de caracol. Los escalones, tallados para sorns, eran demasiado altos para que un ser humano subiera con comodidad, pero se las ingenió para trepar por ellos usando las manos y las rodillas. El sorn iba delante. Ransom no distinguía bien la luz; parecía surgir de un pequeño objeto redondo que la criatura sostenía en la mano. Subieron mucho, casi como si estuvieran trepando por el interior de una montaña hueca. Finalmente, se encontró sin aliento en una cámara rocosa, oscura pero cálida, y oyó que el sorn decía:

—Aún está muy por encima del horizonte meridional.

Le señaló una especie de ventanita. Fuera lo que fuese, no parecía funcionar como un telescopio terrestre, pensó Ransom; aunque el intento que hizo al día siguiente de explicarle los principios del telescopio al sorn iban a arrojar serias dudas sobre su propia capacidad para percibir la diferencia. Se inclinó hacia adelante apoyando los codos en el antepecho del hueco y miró. Vio una negrura perfecta y, flotando en el centro, aparentemente a un brazo de distancia, un disco brillante del tamaño de media corona. La mayor parte de la superficie era de un color plata refulgente y liso, hacia la base aparecían algunas manchas y bajo ellas un casquete blanco, idéntico a los casquetes polares marcianos que había visto en fotografías astronómicas. Por un momento se preguntó si lo que estaba viendo era Marte; luego, cuando sus ojos captaron mejor las manchas, reconoció que eran Europa del Norte y Norteamérica. Estaban invertidas, con el Polo Norte en la base de la imagen, y eso le chocó de algún modo. Pero lo que estaba viendo era la Tierra; quizás incluso Inglaterra, aunque la imagen temblaba un poco y tenía los ojos cansados, y no podía estar seguro de no estar imaginándola. En aquel pequeño disco estaba todo: Londres, Atenas, Jerusalén, Shakespeare. Allí habían vivido todos y todo había ocurrido, y allí era posible que siguiera descansando su mochila, en el vestíbulo de una casa vacía, cerca de Sterk.

—Sí —le dijo al sorn con voz apagada—. Ese es mi mundo.

Fue el momento más desolador de todos sus viajes.

16

A la mañana siguiente, Ransom despertó con la vaga sensación de que le habían quitado un gran peso de encima. Luego recordó que era huésped de un sorn y que la criatura que había estado evitando desde su llegada al planeta era en realidad tan amable como los jrossa, aunque estaba lejos de sentir por él el mismo afecto. No parecía quedar nada que temer en Malacandra, excepto Oyarsa... «El último escollo», pensó Ransom.

Augray le dio de comer y de beber.

—Y, ahora —dijo Ransom—, ¿cómo debo hacer para llegar hasta Oyarsa?

—Yo te llevaré— dijo el sorn—. Eres demasiado pequeño para hacer el viaje por tus propios medios y a mí me gustará ir a Meldilorn. Los jrossa no tendrían que haberte enviado por este camino. Cuando ven un animal parecen incapaces de apreciar qué tipo de pulmones tiene y hasta dónde puede resistir. Así son los jrossa. Si hubieras muerto en el *jarandra*, habrían hecho un poema sobre el valiente *jombre* y sobre cómo el cielo se puso oscuro y las frías estrellas centelleaban y él seguía y seguía; pondrían un discurso magnífico en tus labios para el momento de la muerte... y todo eso les parecería tan correcto como utilizar un poco de sentido común y salvar tu vida enviándote por el camino más fácil.

—Me gustan los jrossa —dijo Ransom un poco molesto—. Y creo que la forma que tienen de hablar de la muerte es acertada.

—Tienen razón en no temerla, Ren-sum, pero no parecen considerarla tanto como parte de la misma naturaleza de nuestros cuerpos... y por lo tanto evitable en ocasiones que ellos nunca verían cómo evitar. Por ejemplo, esto ha salvado la vida de muchos jrossa, pero un jross nunca hubiera pensado en él.

Le mostró a Ransom un frasco con un tubo y en el extremo del tubo una especie de cuenco, obviamente un aparato para administrar oxígeno.

—Inspira en él cuando sea necesario, Pequeño —dijo el sorn—. Y cuando no, mantenlo cerrado.

Augray le aseguró el aparato a la espalda, y le entregó el tubo por encima del hombro y se lo puso en la mano. Ransom no pudo reprimir un estremecimiento cuando las manos del sorn tocaron su cuerpo; tenían forma de abanico, con siete dedos y la piel pegada al hueso como en la pata de un pájaro, y eran bastante frías. Para apartar la mente de esas reacciones preguntó dónde habían hecho el aparato, porque hasta entonces no había visto nada ni remotamente parecido a una fábrica o un laboratorio.

—Nosotros lo ideamos y los pfifltriggi lo construyeron —dijo el sorn.

—¿Por qué lo hicieron? —dijo Ransom. Estaba tratando una vez más de averiguar, con su limitado vocabulario, la estructura política y económica de la vida malacándrica.

—Les gusta hacer cosas —dijo Augray—. Es cierto que lo que más les gusta es hacer cosas para mirar, no para ser usadas. Pero a veces se aburren de eso y construyen cosas para nosotros, objetos que hemos ideado, siempre que sean complejos. No tienen la paciencia necesaria para hacer cosas sencillas, por muy útiles que sean. Pero vamos a comenzar el viaje. Irás sentado sobre mi hombro.

La propuesta era inesperada y alarmante, pero al ver que el sorn ya se había agachado, Ransom se sintió obligado a trepar sobre la superficie plumosa del hombro, a sentarse junto al rostro largo y pálido, rodeando el enorme cuello hasta donde alcanzaba con el brazo izquierdo y a acomodarse lo mejor que pudo a su precaria manera de viajar. El gigante se alzó cuidadosamente hasta quedar de pie y Ransom se encontró mirando el paisaje desde una altura de seis metros.

—¿Va todo bien, Pequeño? —preguntó el sorn.

—Muy bien —contestó Ransom, y el viaje comenzó.

La forma de andar del sorn era quizás su aspecto menos humano. Levantaba mucho los pies y los dejaba caer con gran suavidad. A Ransom le recordó el paso de un gato al acecho, luego un gallo pavoneándose en la puerta del granero y después un caballo de tiro al trote, pero, en realidad, el movimiento no se parecía al de ningún animal terrestre. Para el pasajero era sorprendentemente cómodo. En pocos minutos, Ransom había superado todo lo que podía haber de vertiginoso o incómodo en su posición. En vez de eso, su mente se vio invadida por asociaciones absurdas e incluso tiernas. Era como cabalgar sobre el elefante del zoológico, como ir sobre la espalda de su padre cuando era niño... antes aun. Era divertido. Parecía ir a una velocidad de diez o doce kilómetros por hora. El frío, aunque intenso, era soportable, y gracias al oxígeno tenía pocas dificultades para respirar.

El paisaje que veía desde ese puesto de observación alto y oscilante era imponente. Ya no se veía el *jandramit*. A cada lado de la hondonada poco profunda sobre la que viajaban, se extendía hasta el horizonte un mundo de roca desnuda, levemente verdosa, interrumpido por amplias manchas rojas. El cielo, de un azul muy oscuro donde se encontraba con la piedra, era casi negro en el cénit y, mirando hacia cualquier dirección donde el sol no lo cegara, Ransom podía ver las estrellas. El sorn confirmó su idea de que estaba en el límite de lo respirable. Ya en el borde montañoso que contorneaba el *jarandra* y constituía las paredes del *jandramit*, o en la estrecha depresión por la que iban, el aire era escaso como en el Himalaya, poco respirable para un jross y, a pocos cientos de metros más arriba, sobre el *jarandra* propiamente dicho, verdadera superficie del planeta, no admitía vida. De ahí que el resplandor por el que caminaban fuese casi igual al del cielo: una luz celestial apenas atenuada por un velo atmosférico.

La sombra del sorn, con la sombra de Ransom sobre el hombro, se movía sobre la roca despareja con una nitidez anormal, como la sombra de un árbol ante las luces de un automóvil, y la roca que estaba más allá de la sombra le hería los ojos. El remoto horizonte parecía estar a solo un brazo de distancia. Las grietas y molduras de las laderas distantes eran nítidas como el fondo de un cuadro pintado antes del descubrimiento de la perspectiva. Estaba en la frontera misma del cielo que había conocido en la astronave, y los rayos que los mundos envueltos en aire no podían recibir actuaban otra vez sobre su cuerpo. Sintió el conocido bienestar total, la creciente solemnidad, la sensación, a un tiempo sobria y extática, de la vida y la energía ofreciéndose con una abundancia sin pantallas ni límites. Si hubiera tenido aire suficiente en los pulmones, se habría reído a carcajadas. Y ahora la belleza se acercaba incluso en el paisaje cercano. Sobre el borde del valle, como una espuma derramada desde el verdadero *jarandra*, aparecieron las protuberancias de sustancia rosa acumulada que había visto tantas veces de lejos. De cerca, parecían duras como la roca, pero redondeadas por arriba y con tallos por abajo, como si fueran vegetación. La analogía original con una coliflor gigantesca resultaba muy acertada: parecían coliflores de piedra del tamaño de catedrales y color rosa pálido. Le preguntó al sorn qué eran.

—Son los antiguos bosques de Malacandra —dijo Augray—. En ese entonces, el *jarandra* era cálido y había aire en él. Si hoy pudieras subir allí y sobrevivir, verías que está cubierto con los huesos de antiguos animales; en otros tiempos reinaban la vida y el bullicio. Entonces crecieron estos bosques, y entre sus tallos iba y venía un pueblo que ha desaparecido del mundo hace muchos miles de años. No estaban cubiertos de piel, sino de un abrigo como el mío. No nadaban en el agua ni caminaban sobre el suelo, se deslizaban por el aire sobre amplios miembros planos que los sostenían. Se cuenta que eran grandes cantores y, en aquellos días, los bosques rojos resonaban con su música. Ahora los bosques se han vuelto de piedra y solo los eldila pueden recorrerlos.

—Aún tenemos criaturas así en nuestro mundo —dijo Ransom—. Los llamamos pájaros. ¿Dónde estaba Oyarsa cuando todo esto pasó en el *jarandra*?

—Donde está ahora.

—¿Y no podía evitarlo?

—No sé. Pero un mundo no es creado para existir eternamente, y mucho menos una raza; esa no es la forma de actuar de Maleldil.

A medida que avanzaban, los bosques petrificados se multiplicaron y, a menudo, el horizonte entero del páramo muerto, sin aire, enrojecía durante media hora como un jardín inglés en verano. Pasaron junto a muchas cuevas donde vivían sorns, según le dijo Augray. A veces, un barranco alto estaba perforado hasta el tope con agujeros incontables, y de su interior surgían ruidos inidentificables y huecos. Los producía el «trabajo», dijo el sorn, pero no pudo hacerle entender a Ransom de qué tipo de trabajo se trataba. Su vocabulario era muy distinto al de los jrossa. Ransom no vio en ningún sitio una ciudad o aldea de sorns, al parecer criaturas solitarias, no sociales. En una o dos ocasiones, una larga cara pálida se asomó a la entrada de una caverna y saludó a los viajeros con un sonido a cuerno de caza, pero el largo valle, la calle rocosa del pueblo silencioso, permaneció inmóvil y vacía como el *jarandra* durante la mayor parte del trayecto.

Solo hacia la tarde, cuando estaban a punto de bajar una pendiente del camino, se encontraron con tres sorns juntos que descendían hacia ellos por el declive opuesto. A Ransom le pareció que patinaban en vez de caminar. La levedad de ese mundo y el equilibrio perfecto de sus cuerpos les permitían inclinarse hacia adelante en ángulos rectos con la pendiente y se acercaban, rápidos como navíos a toda vela con viento a favor. La gracia de sus movimientos, su elevada estatura y el suave centelleo de la luz solar sobre sus flancos operaron una transformación definitiva sobre lo que sentía Ransom por esa raza. Cuando los vio por primera vez mientras luchaba con Weston y Devine los había llamado «ogros»; ahora pensaba que las palabras «titanes» o «ángeles» se adecuaban más. Le parecía que ni siquiera había observado bien sus caras. Había encontrado espectral lo que era solo majestuoso, y su primera reacción humana ante la alargada severidad de los rasgos y la profunda tranquilidad de la expresión no era tanto cobarde como vulgar. ¡Así debía de ver un alumno ignorante a Parménides o Confucio! Las grandes criaturas blancas navegaron hacia Ransom y Augray, se inclinaron como árboles y siguieron su camino.

A pesar del frío, que a menudo lo obligaba a desmontar y hacer un corto trayecto a pie, no deseaba que el viaje terminara, pero Augray tenía sus propios planes y se detuvo a pasar la noche mucho antes del atardecer en el hogar de un sorn anciano. Ransom comprendió con claridad que lo habían llevado allí para mostrarlo a un gran científico. La caverna o, para hablar con propiedad, el sistema de excavaciones, era amplia, incluía muchas cámaras y contenía una multitud de cosas que Ransom no desconocía. Le interesó especialmente una colección de rollos al parecer de piel, cubiertos con caracteres, sin duda libros, pero se enteró de que los libros eran escasos en Malacandra.

—Es mejor recordar —dijeron los sorns.

Cuando Ransom preguntó si así no podían perderse secretos valiosos, le contestaron que Oyarsa siempre los recordaba y los sacaría a la luz si lo creía necesario.

—Los jrossa acostumbraban a tener muchos libros de poesía —agregaron—. Pero ahora tienen menos. Dicen que escribir libros destruye la poesía.

El anfitrión de esas cavernas era asistido por otros sorns, que parecían estar de algún modo subordinados a él. Al principio

Ransom los tomó por sirvientes, pero más tarde concluyó que se trataba de alumnos o ayudantes.

La conversación que se desarrolló por la noche no sería de mucho interés para un lector terrestre, porque los sorns habían decidido que Ransom contestara en vez de hacer preguntas. El interrogatorio fue completamente distinto a las preguntas desordenadas e imaginativas de los jrossa. Cubría de forma sistemática desde la geología hasta la geografía actual de la Tierra y de allí pasaba a la flora, la fauna, la historia humana, los idiomas, la política y el arte. Cuando se daban cuenta de que Ransom no podía darles más datos sobre un tema —y eso ocurría pronto en la mayor parte de los casos—, lo dejaban y pasaban al siguiente. A menudo conseguían de forma indirecta informaciones de las que Ransom no era consciente, al parecer porque trabajaban con sólidos fundamentos de ciencias generales. Cuando Ransom trató de explicarles la fabricación del papel, una observación casual sobre los árboles llenó para ellos un vacío dejado por sus respuestas fragmentarias a las preguntas sobre botánica; el informe sobre la navegación terrestre podía arrojar luz sobre la mineralogía, y la descripción de la máquina de vapor les aportó conocimientos sobre el aire y el agua terrestres superiores a los del mismo Ransom. Había decidido desde un principio ser completamente franco, porque ahora estaba convencido de que proceder de otro modo no sería *jnau*, además de ser inútil.

Se quedaron atónitos con lo que les contó de la historia humana: guerra, esclavitud y prostitución.

—Es porque no tienen Oyarsa —dijo uno de los alumnos.

—Es porque cada uno de ellos quiere ser un Oyarsa —dijo Augray.

—No pueden evitarlo —repuso el anciano sorn—. Tiene que haber un gobierno, pero ¿cómo podrían las criaturas gobernarse a sí mismas? Los animales deben ser gobernados por los *jnau*, y los *jnau* por los eldila, y los eldila por Maleldil. Estas criaturas no tienen eldila. Son como alguien que trata de levantarse en el aire tirando de sus propios cabellos... o alguien que trata de ver una región entera estando al mismo nivel que el terreno... o como una hembra que quiere procrear por sí sola.

Hubo dos cosas de nuestro mundo que les impactaron especialmente. Una era la extraordinaria energía empleada en levantar y transportar cosas. La otra, el hecho de que tuviéramos un solo tipo de *jnau*; pensaban que esto debía tener efectos de largo alcance en la estrechez de los afectos y hasta de las ideas.

—El pensamiento de ustedes debe de estar a merced de su sangre —dijo el anciano sorn—. Porque no pueden compararlo con los pensamientos que flotan en sangres distintas.

Para Ransom fue una conversación tediosa y muy desagradable. Pero cuando por fin pudo acostarse a dormir no pensaba ni en la desnudez humana ni en su propia ignorancia. Solo pensaba en los antiguos bosques de Malacandra y en lo que significaría crecer viendo siempre a tan pocos kilómetros una región colorida a la que nunca podía llegarse y que en otros tiempos había estado habitada.

17

Al siguiente día, temprano, Ransom volvió a sentarse sobre el hombro de Augray. Viajaron durante más de una hora por el mismo desierto fulgurante. Lejos, hacia el norte, el cielo estaba iluminado por una masa en forma de nube, de color ocre o rojo opaco. Era muy grande y se dirigía, furiosa, hacia el oeste a unos quince kilómetros de altura sobre el páramo. Ransom, que hasta entonces no había visto ninguna nube en Malacandra, preguntó qué era. El sorn le dijo que era arena levantada en los grandes desiertos del norte por los vientos de aquella región terrible. A menudo era transportada de ese modo, en ocasiones a veinticinco kilómetros de altura, para volver a caer, quizás sobre un *jandramit*, como una tormenta de polvo sofocante y cegadora. La visión de la nube moviéndose amenazante en el cielo desnudo sirvió para que Ransom recordara que estaban en la parte externa de Malacandra: ya no viviendo en un mundo, sino arrastrándose por la superficie de un planeta extraño. Finalmente, la nube pareció dejarse caer y estallar lejos, sobre el horizonte occidental, donde un resplandor como el de una explosión permaneció visible hasta que un recodo del valle lo ocultó.

El mismo recodo descubrió un nuevo panorama ante sus ojos. Lo que se tendía ante ellos se parecía al principio extrañamente a un paisaje terrestre de suaves colinas grises alzándose y cayendo como olas en el mar. Mucho más allá, los barrancos y las agujas de la típica piedra verde se erguían contra el azul oscuro del cielo. Un momento después vio que lo que había tomado por colinas era solo la superficie rizada y ondulada de la niebla azul gris de un valle, una niebla que dejaría de serlo cuando bajaran al *jandramit*. Ya se hacía menos visible a medida que el camino descendía, y los contornos multicolores de las tierras bajas aparecieron difusos a través de ella. El declive bajaba con rapidez, los picos más altos de la pared montañosa que debían atravesar asomaban desparejos sobre el borde de la hondonada como un gigante con los dientes muy cariados. El aspecto del cielo y la cualidad de la luz cambiaban de manera infinitesimal. Un momento después llegaron al borde de una inclinación que desde cualquier punto de vista terrestre era un precipicio. El camino bajaba y bajaba por esa fachada hasta desaparecer en un macizo de vegetación purpúrea. Ransom se negó con firmeza a bajar sobre el hombro de Augray. Aunque el sorn no entendía su objeción, se detuvo para que desmontara y bajó antes que él con su movimiento mezcla de patinaje y avalancha. Ransom lo siguió, utilizando con alegría y rigidez sus piernas dormidas.

La belleza del nuevo *jandramit* lo dejó sin aliento. Era más amplio que aquel donde había vivido hasta entonces y en él se extendía un lago casi circular: un zafiro de dieciocho kilómetros de diámetro engarzado en el bosque púrpura. En medio del lago se alzaba, como una pirámide baja de suave pendiente o como un pecho de mujer, una isla de color rojo pálido, lisa hasta la cima, sobre la que había un bosquecillo de árboles nunca vistos por el hombre. Sus pulidas columnas tenían la forma elegante de las hayas más nobles, pero eran más altas que la torre de una catedral terrestre y arriba se abrían en flores en vez de en follaje: flores doradas brillantes como tulipanes, inmóviles como la roca y enormes como una nube de verano. En realidad eran flores, no árboles, y, perdidas entre sus raíces, Ransom pudo entrever construcciones en forma de losas. Antes de que su guía se lo dijera, supo que habían llegado a Meldilorn. No sabía qué esperaba encontrarse allí. Había abandonado hacía tiempo los antiguos sueños traídos de la Tierra: un supercomplejo americano de oficinas o un paraíso de ingenieros poblado por máquinas enormes. Pero no había esperado algo tan clásico, tan virginal como ese bosquecillo deslumbrante, tan inmóvil, tan secreto en su valle colorido, elevándose con gracia inimitable a tantos metros de altura bajo la luz invernal del sol. A cada paso que daba, el calor del valle subía a él más deliciosamente. Levantó la cabeza; el azul del cielo se iba haciendo más pálido. La bajó y la delgada fragancia de las flores salió a su encuentro, dulce y tenue. El contorno de los riscos distantes se hacía menos agudo y las superficies, menos brillantes. La profundidad, los contornos imprecisos, la suavidad y la perspectiva regresaban al paisaje. El labio o borde de roca desde el que habían comenzado su descenso estaba lejos, en lo alto; parecía imposible que hubieran venido realmente de allí. Respiraban sin dificultad. Los dedos de los pies, entumecidos desde hacía tanto tiempo, podían moverse, encantados, dentro de las botas. Levantó las orejeras de la gorra y el sonido del agua cayendo llenó de inmediato sus oídos. Ahora caminaba sobre la hierba de un terreno llano, y el techo del bosque se alzaba sobre su cabeza. Habían vencido al *jarandra* y estaban en el umbral de Meldilorn.

Una corta caminata los llevó hasta una especie de «paseo» boscoso: una ancha avenida que corría recta como una flecha entre los tallos púrpuras, con el vívido azul del lago estremeciéndose en el extremo final. Allí encontraron un gong y una maza colgados sobre un pilar de piedra. Estaban suntuosamente decorados, y el gong y la maza eran de un metal azul verdoso que Ransom no pudo reconocer. Augray golpeó el gong. En la mente de Ransom crecía una excitación que casi le impidió examinar con la atención que deseaba los adornos de la piedra. En parte eran imágenes pictóricas, en parte pura decoración. Lo que lo impactó sobre todo fue el certero equilibrio entre las superficies vacías y las superficies decoradas. Dibujos lineales puros, tan esquemáticos como las imágenes prehistóricas terrestres de animales, se alternaban con zonas de un diseño tan apretado y complejo como el de la joyería celta o escandinava. A su vez, a medida que uno las miraba, esas zonas vacías y llenas resultaban estar dispuestas en diseños mayores. Le impresionó el hecho de que las partes pictóricas no estuvieran limitadas a los espacios libres; con frecuencia había grandes arabescos que incluían como detalle subordinado imágenes intrincadas. En otros sitios se seguía el esquema opuesto, y también esa forma alterna poseía un elemento rítmico o premeditado. Estaba comenzando a descubrir que las imágenes, aunque estilizadas, intentaban sin duda contar una historia, cuando Augray lo interrumpió. Una embarcación había partido desde la costa isleña de Meldilorn.

Mientras se acercaba, el corazón de Ransom se alegró al ver que quien remaba era un jross. La criatura llevó el bote hasta donde estaban, miró con fijeza a Ransom y luego hizo un gesto interrogante a Augray.

—Es lógico que este *jnau* te intrigue, Jrinja, porque nunca has visto uno como él —dijo el sorn—. Se llama Ren-sum y vino a través del cielo desde Thulcandra.

—Es bienvenido —dijo el jross cortésmente—. ¿Viene a ver a Oyarsa?

—Él lo mandó llamar.

—¿Y a ti también, Augray?

—Oyarsa no me llamó. Si vas a llevar a Ren-sum al otro lado, regresaré a mi torre.

El jross indicó que Ransom tenía que subir al bote. Este trató de expresar su gratitud al sorn y, después de un momento de vacilación, se sacó el reloj de pulsera y se lo ofreció; era lo único que tenía que parecía adecuado para un sorn. No tuvo dificultades en hacer que Augray lo entendiera, pero, después de examinar el objeto, el gigante se lo devolvió un poco a regañadientes, y dijo:

—Debes entregar este obsequio a un pfifltriggi. Alegra mi corazón, pero ellos le sacarán más provecho. Es fácil que te encuentres con miembros del pueblo laborioso en Meldilorn, entrégaselo a ellos. En cuanto a su uso, ¿tu gente no sabe en qué parte del día vive si no mira esta cosa?

—Creo que hay animales que lo hacen por instinto —dijo Ransom—, pero nuestros *jnau* han perdido ese instinto.

Luego se despidió del sorn y embarcó. Estar otra vez en un bote con un jross, sentir el calor del agua sobre la cara y ver el cielo azul encima era como volver a casa. Se sacó la gorra y se inclinó hacia atrás, relajado en la proa y acosando con preguntas a su acompañante. Supo que los jrossa no estaban relacionados de forma especial con el servicio de Oyarsa, como había conjeturado al encontrar un jross a cargo del barco de transporte. Las tres especies de *jnau* lo servían de acuerdo a sus distintas habilidades y, como era natural, habían confiado el barco a los que eran más expertos en navegación. Supo que cuando llegaran a Meldilorn su propia conducta consistiría en ir por donde le gustara y hacer lo que quisiera hasta que Oyarsa lo enviara a buscar. Antes de eso, podían pasar una hora o varios días. Cerca del lugar de desembarque encontraría cabañas donde podría dormir si era necesario y donde le darían de comer. A su vez, Ransom contó hasta donde pudo hacerse entender detalles de su propio mundo y de su viaje desde él. Advirtió al jross sobre los peligrosos hombres torcidos que lo habían traído y que aún andaban a sus anchas por Malacandra. Mientras lo hacía, se le ocurrió que no se lo había señalado con la suficiente claridad a Augray, pero se consoló con la idea de que Weston y Devine parecían tener ya ciertos vínculos con los sorns y no era probable que molestaran a seres tan grandes y tan parecidos a un ser humano. Al menos, no por el momento. No se hacía ilusiones sobre las intenciones finales de Devine; todo lo que podía hacer era describírselo honestamente a Oyarsa. Y la barca llegó a tierra.

Ransom se puso de pie mientras el jross amarraba el bote y miró a su alrededor. Cerca del pequeño embarcadero y hacia la izquierda había construcciones bajas de piedra —las primeras que veía en Malacandra—, y ardían hogueras. Allí podría encontrar comida y abrigo, le dijo el jross. El resto de la isla parecía desierto y sus suaves pendientes subían desnudas hasta el bosquecillo que las coronaba, donde pudo distinguir más construcciones de piedra. Pero no parecían ser ni un templo ni un hogar en el sentido humano, sino una ancha avenida de monolitos: un Stonehenge mayor, majestuoso y vacío, que se perdía sobre la cumbre de la colina dentro de la pálida sombra de los árboles-flores. Todo era soledad; sin embargo, mientras miraba hacia arriba le pareció oír, contra el fondo del silencio matutino, una vibración débil y continua de sonido argentino, apenas audible aunque se le prestara atención, y sin embargo imposible de ignorar.

—La isla está llena de eldila —dijo el jross en voz queda.

Ransom desembarcó. Como si esperara encontrarse con algún obstáculo, dio unos pasos vacilantes y se detuvo, y luego prosiguió del mismo modo.

Aunque la hierba era excepcionalmente suave y espesa y sus pies no hacían ruido sobre ella, sintió el impulso de caminar de puntillas. Todos sus movimientos se volvieron suaves y formales. El agua que rodeaba la isla hacía que el aire fuera el más cálido que había respirado en Malacandra. El tiempo era casi como el de un caluroso día terrestre de finales de septiembre, cálido pero con un matiz del frío que se avecina. El respetuoso temor que iba creciendo en él le impedía acercarse a la parte superior de la colina, al bosquecillo y la avenida de piedras erectas.

Dejó de subir al llegar a la mitad de la colina y empezó a caminar hacia la derecha, manteniendo una distancia constante respecto a la costa. Se dijo que le estaba echando un vistazo a la isla, pero sentía que más bien era la isla la que le estaba echando un vistazo a él. Esta impresión aumentó cuando después de caminar durante una hora descubrió algo que más tarde le iba a resultar difícil de describir. En los términos más abstractos

podría resumirse diciendo que la superficie de la isla estaba
expuesta a pequeñas variaciones de luz y sombra sin que ningún
cambio del cielo pudiera explicarlas. Si el aire no hubiera estado
inmóvil y la hierba no fuera demasiado corta y firme para que
el viento la moviera, Ransom habría afirmado que una leve brisa
jugueteaba con ella, produciendo ligeras alteraciones de sombra,
semejantes a las de los maizales de la Tierra. Igual que los ruidos
argentinos del aire, esas huellas de luz eran esquivas, difíciles
de observar. Cuanto más se esforzaba por verlas, menos se
dejaban ver; se amontonaban en los límites de su campo visual
como si allí se estuviera tejiendo una compleja estructura de luz.
Prestarle atención a cualquiera de ellas equivalía a hacerla invisible, y, a menudo, el diminuto resplandor parecía haber abandonado un segundo antes el punto donde se fijaban sus ojos.
Estaba seguro de estar «viendo» eldila... hasta donde podría
llegar a verlos alguna vez. La curiosa sensación que le causaban
no era exactamente sobrenatural, ni como ver fantasmas. Ni
siquiera como si lo espiaran, más bien tenía la impresión de ser
observado por seres que tenían derecho a observarlo. Su emoción
no llegaba a ser miedo: había en ella algo de vergüenza, un poco
de timidez, cierta sumisión y una profunda molestia.

Se sentía cansado y pensó que en aquella región privilegiada
el calor permitía descansar al aire libre. Se sentó. La suavidad
de la hierba, el calor y el dulce aroma que invadía toda la isla
le recordaban la Tierra y los jardines de verano. Cerró los ojos
un momento, luego los volvió a abrir y percibió construcciones
y un bote que se acercaba en el lago. De pronto reconoció el
lugar. Ese era el transbordador y las construcciones eran las
casas de huéspedes junto al embarcadero; había dado una vuelta
completa alrededor de la isla. Descubrirlo le causó cierta desilusión. Comenzaba a tener hambre. Quizás sería una buena idea
bajar y pedir un poco de comida; de cualquier modo, serviría
para pasar el tiempo.

Pero no lo hizo. Cuando se puso de pie y miró con más atención las casas de huéspedes vio que a su alrededor había un
considerable ir y venir de seres y, mientras observaba, vio que
una carga completa de pasajeros desembarcaba del transbordador. Sobre el lago distinguió objetos en movimiento que al
principio no identificó, pero que resultaron ser sorns hundidos

hasta la mitad en el agua, obviamente vadeándola hacia Meldilorn desde tierra firme. Había unos diez. Por una u otra razón, la isla recibía bastantes visitantes. Ya no creía que si bajaba y se mezclaba con la multitud le hiciesen algún daño, pero sentía cierto rechazo a hacerlo. La ocasión le trajo vívidamente a la memoria sus experiencias como nuevo alumno en la escuela (los nuevos alumnos llegan temprano), merodeando apartados y contemplando la llegada de los veteranos. Finalmente decidió no bajar. Cortó y comió un poco de hierba y dormitó un momento.

A la tarde, cuando aumentó el frío, reanudó la caminata. Había otros *jnau* vagando por la isla. Vio sobre todo sorns, pero era porque su altura los hacía destacables. Apenas si se oía algún ruido. Su renuencia a encontrarse con sus compañeros de vagabundeo, que parecían limitarse a la costa de la isla, lo llevó, de forma apenas consciente, a subir hacia el interior. Al rato se encontró en el borde del bosquecillo, frente a la avenida de los monolitos. Por alguna razón indefinida, había pensado no entrar en ella, pero comenzó a estudiar la roca más cercana, suntuosamente esculpida por los cuatro costados, y luego la curiosidad lo fue llevando de piedra en piedra.

Las imágenes eran enigmáticas. Junto a representaciones de sorns y jrossa y lo que debían de ser pfifltriggi aparecía una y otra vez una figura vertical y ondulante con solo la sugestión de un rostro y alas. Las alas eran perfectamente reconocibles, y eso lo confundió mucho. ¿Era posible que la tradición artística malacándrica retrocediera hasta esa primitiva era geológica y biológica en la que, según le había contado Augray, había vida, incluso pájaros, sobre el *jarandra*? La respuesta de las piedras parecía ser afirmativa. Vio imágenes de los antiguos bosques rojos con pájaros inconfundibles volando en ellos y muchas otras criaturas que no conocía. En otra piedra aparecían muchos de ellos agonizando en el suelo y una fantástica figura de *jnakra*, probablemente simbolizando el frío, arrojándoles flechas desde el cielo. Las criaturas que aún vivían se amontonaban alrededor de la figura ondulante y alada, que Ransom tomó por Oyarsa, retratado como una llama con alas. En la siguiente piedra, Oyarsa se veía rodeado de muchas criaturas, al parecer haciendo un surco con un instrumento puntiagudo. Otra imagen mostraba cómo dicho surco era ensanchado por los pfifltriggi con herramientas para cavar. Los

sorns amontonaban la tierra en agujas ascendentes a cada lado
del surco y los jrossa parecían estar abriendo canales de agua.
Ransom se preguntó si sería un relato mítico de la creación de
los *jandramit* o si de hecho era forzado.

En muchas imágenes no pudo encontrar un sentido preciso.
Una que lo dejó particularmente perplejo mostraba sobre la base
un segmento de círculo, detrás y por encima del cual se alzaban
las tres cuartas partes de un disco dividido en anillos concéntricos. Pensó que se trataba del sol saliendo detrás de una colina.
El segmento de la base estaba cubierto de escenas malacándricas:
Oyarsa en Meldilorn, sorns sobre el borde montañoso del *jarandra*
y muchas otras cosas que le eran a un tiempo familiares y
extrañas. Se apartó para examinar el disco que se alzaba detrás.
No era el sol. El sol estaba allí, inconfundible, en el centro del
disco; a su alrededor se desplegaban los círculos concéntricos.
En el primero y más chico estaba representada una pequeña
bola, sobre la que cabalgaba una figura semejante a Oyarsa,
pero que sostenía algo parecido a una trompeta. En la próxima,
una bola semejante transportaba otra de las imágenes flamígeras.
Esta, en vez del rostro apenas esbozado, tenía dos bultos que
sugerían las ubres o los senos de una hembra mamífera, según
dedujo Ransom después de observarlo largamente. Para entonces
estaba completamente seguro de que contemplaba una representación del sistema solar. La primera bola era Mercurio, la segunda,
Venus. «Y qué extraordinaria coincidencia que su mitología,
como la nuestra, asocie Venus con un símbolo femenino», pensó
Ransom. Se hubiera entretenido mucho más en eso si una curiosidad natural no hubiera dirigido sus ojos hacia la próxima bola,
que debía de representar a la Tierra. Cuando la vio, su pensamiento se detuvo un momento. La bola estaba allí, pero donde
debería haber estado la figura flamígera, la piedra había sido
cortada formando una profunda depresión irregular, como para
eliminarla. Así que en otros tiempos... pero su capacidad espe-
culativa titubeó y enmudeció ante una serie de incógnitas. Miró
el siguiente círculo. Allí no había bola. La parte inferior tocaba
la parte superior del gran segmento ocupado por las escenas
malacándricas, de manera que en ese punto Malacandra tocaba
el sistema solar y salía de él en perspectiva hacia el espectador.
Ahora que su mente había captado el diseño, le sorprendió la

vivacidad con que estaba ejecutado. Retrocedió y se preparó a abordar algunos de los misterios en los que se sentía intrigado. Malacandra era Marte entonces. La Tierra... Pero, en ese momento, un golpeteo o martilleo que había estado sonando durante cierto tiempo sin ser admitido por su conciencia se hizo demasiado insistente para ignorarlo. Alguna criatura, y con seguridad no se trataba de un eldil, estaba trabajando cerca de él. Un poco alarmado (porque había estado sumido en sus pensamientos) se dio vuelta. No había nada que ver. Gritó tontamente en inglés:

—¿Quién anda ahí?

El golpeteo se detuvo de pronto y un rostro extraordinario apareció detrás de uno de los monolitos cercanos.

Estaba desprovisto de pelo como el de un hombre o un sorn. Era largo y puntiagudo como el de una musaraña, amarillo y de aspecto gastado, y tan escaso de frente que, de no mediar el voluminoso desarrollo de la cabeza en la parte posterior y por detrás de las orejas, no hubiera podido ser el de una criatura inteligente. Un momento después, el animal se dejó ver entero, dando un salto asombroso. Ransom adivinó que era un pfifltriggi y se alegró de no haberse encontrado a uno de esa tercera raza al llegar a Malacandra. Se acercaba a un insecto o un reptil más que cualquiera de los animales que había visto hasta entonces. Tenía la constitución de una rana, y al principio Ransom creyó que estaba descansando sobre las «manos», como una rana. Luego advirtió que la parte de los miembros anteriores sobre la que se apoyaba era en realidad, en términos humanos, más un codo que una mano. Era ancha y acolchada y adecuada para caminar sobre ella, pero, hacia arriba, en un ángulo de cuarenta y cinco grados, seguían los verdaderos miembros anteriores: fuertes y delgados, terminaban en manos enormes, sensitivas, de muchos dedos. Se dio cuenta de que para cualquier tipo de trabajo manual, desde la minería hasta el tallado de camafeos, esa criatura contaba con la ventaja de poder trabajar con todo su vigor apoyada sobre un codo. El parecido con un insecto venía de sus movimientos veloces y espasmódicos y por el hecho de que podía girar la cabeza casi por completo sobre el cuello, como una mantis religiosa, y se veía aumentado por el ruido seco, chirriante, chasqueante que hacía al moverse. Era muy parecido a una langosta, a uno de los enanos de Arthur Rackharn,* a una rana, y muy semejante a un pequeño y anciano taxidermista que Ransom conocía en Londres.

—Vengo de otro mundo —empezó Ransom.

—Ya sé, ya sé —dijo la criatura con voz rápida, gorjeante e impaciente—. Ven aquí, detrás de la piedra. Por aquí, por aquí. Órdenes de Oyarsa. Muy ocupado. Hay que empezar en seguida. Párate allí.

Ransom se encontró al otro lado del monolito, mirando una imagen aún incompleta. El terreno estaba literalmente sembrado de astillas, y el aire, lleno de polvo.

—Allí —dijo la criatura—. Quédate quieto. No me mires. Mira hacia allá.

Durante un momento Ransom no entendió lo que se esperaba de él; luego, cuando vio que los ojos del pfifltriggi iban y venían de la piedra a él, con la mirada inconfundible del artista controlando el modelo y su obra, igual en todos los mundos, se dio cuenta y casi se rio. ¡Estaba posando para su retrato! Desde su ubicación podía distinguir cómo la criatura cortaba la piedra como si fuera queso y la velocidad de sus movimientos, casi imposibles de captar, pero no pudo hacerse una idea de la obra, aunque sí podía observar al pfifltriggi. Vio que el tintineo metálico era producido por una cantidad de pequeños instrumentos que llevaba alrededor del cuerpo. A veces, con una exclamación de molestia, arrojaba la herramienta que estaba usando y elegía otra, y llevaba en la boca la mayoría de las que más utilizaba. También advirtió que el animal se abrigaba artificialmente como él, con una sustancia escamosa y brillante al parecer suntuosamente decorada, aunque cubierta de polvo. Tenía una prenda de piel enrollada alrededor del cuello como una bufanda y los ojos protegidos por unas gafas oscuras y sobresalientes. Se adornaba los miembros y el cuello con anillos y cadenas de metal brillante (pensó que no era oro). Estuvo emitiendo un murmullo siseante durante todo el tiempo y cuando se excitaba, lo que ocurría a menudo, arrugaba la punta del hocico, como un conejo. Finalmente dio otro salto alarmante, aterrizó a unos diez metros de la obra y dijo:

---

* Famoso ilustrador inglés de dibujos fantásticos. (*N. del t.*).

—Sí, sí. No tan bien como esperaba. Mejor será la próxima. Ahora la dejaré. Ven y mírala.

Ransom obedeció. Vio una imagen de los planetas, ahora no situados para constituir un mapa del sistema solar, sino avanzando en fila hacia el espectador, todos, salvo uno, con su auriga resplandeciente. Debajo de este estaba Malacandra y allí, para su sorpresa, había una reproducción bastante pasable de la astronave. Junto a ella se encontraban tres siluetas de pie para las que Ransom aparentemente había servido de modelo. Retrocedió, disgustado. Aun teniendo en cuenta la extrañeza del tema para un punto de vista malacándrico y la estilización de su arte, aun así, pensó, la criatura podía haber conseguido una mejor representación de la forma humana que esos maniquíes duros como troncos, casi tan anchos como altos, con un florecimiento como de hongos alrededor de la cabeza y el cuello.

—Espero que tu gente me vea como soy —dijo a la defensiva—. No es como me dibujarían en mi propio mundo.

—No —dijo el pfifltriggi—. No quise hacerte muy parecido. Muy parecido no lo creerían... los que nacerán después.

Agregó una larga explicación difícil de entender, pero, mientras hablaba, Ransom cayó en la cuenta de que las odiosas siluetas pretendían ser una idealización de la humanidad. La conversación decayó un poco. Para cambiar de tema, Ransom hizo una pregunta que deseaba formular desde hacía tiempo.

—No puedo comprender cómo tú, los sorns y los jrossa pueden hablar en el mismo idioma. Porque las lenguas, los dientes y las gargantas de cada uno deben de ser muy distintas.

—Tienes razón —dijo la criatura—. En una época todos teníamos idiomas distintos y aún los tenemos en casa. Pero todos aprendimos el idioma de los jrossa.

—¿Por qué? —dijo Ransom, que seguía pensando en términos de historia terrestre—. ¿Alguna vez los jrossa gobernaron a los demás?

—No entiendo. Ellos son nuestros más grandes oradores y cantores. Tienen más y mejores palabras. Nadie aprende el lenguaje de mi gente, porque lo que tenemos que decir está expresado en piedra y sangre del sol y leche de las estrellas y todos pueden verlo. Nadie aprende el lenguaje de los sorns, porque puedes pasar sus conocimientos a cualquier tipo de palabras y siguen siendo los mismos. No puedes hacer lo mismo con las canciones de los jrossa. Su idioma se utiliza en todo Malacandra. Lo hablo contigo porque eres extranjero. Lo hablaría con un sorn. Pero en casa utilizamos nuestro idioma. Puedes advertirlo en los nombres. Los sorns tienen nombres altisonantes como Augray, Arkal, Belmo y Falmay. Los jrossa tienen nombres que parecen de piel, como Jnoj y Jniji y Jyoi y Jlitjnaji.

—¿Entonces la mejor poesía aparece en el lenguaje más áspero?

—Quizás —dijo el pfifltriggi—. Así como las mejores imágenes se hacen sobre la piedra más dura. Pero mi gente tiene nombres como Kalakaperi, Parakataru y Tafaladeruf. A mí me llaman Kanakaberaka.

Ransom le dijo su nombre.

—Nuestro país no es como este —dijo Kanakaberaka—. No estamos apretados en un estrecho *jandramit*. Allí están los verdaderos bosques, las sombras verdes, las minas profundas. Es cálido. La luz no resplandece como aquí y no es silencioso. Podría llevarte a un lugar de los bosques donde verías cien hogueras al mismo tiempo y escuchar cien martillos. Me gustaría que vinieses a nuestro país. No vivimos en agujeros como los sorns ni en manojos de paja como los jrossa. Podría mostrarte casas con cien pilares, uno hecho en sangre del sol, el siguiente en leche de las estrellas y así sucesivamente... y el mundo entero pintado sobre las paredes.

—¿Cómo se gobiernan? —preguntó Ransom—. ¿A los que cavan en las minas su trabajo les gusta tanto como a los que pintan las paredes?

—Todos se ocupan de las minas; es un trabajo que debe compartirse. Pero cada uno cava y busca por sus propios medios el material que necesita para su obra. ¿Qué otra cosa podría hacer?

—Entre nosotros no es así.

—Entonces deben de hacer un trabajo muy torcido. ¿Cómo podría un artesano trabajar con la sangre del sol si no fuera él mismo hasta el hogar de la sangre del sol y distinguiera una clase de otra y viviera con ella durante días lejos de la luz del cielo, hasta que la sintiera en su sangre y su corazón, como si la hubiera pensado y comido y escupido?

—Entre nosotros yace muy profundamente y es difícil extraerla, y los que cavan deben pasar toda su vida en ese oficio.

—¿Y les gusta?

—Creo que no... no sé. Tienen que seguir haciéndolo porque si se detienen no les dan de comer.

—¿Entonces no hay comida en abundancia en tu mundo?

—No sé —dijo Ransom—. Me he hecho a menudo esa pregunta y nadie pudo darme la respuesta. ¿Nadie mantiene a tu gente en su trabajo, Kanakaberaka?

—Las hembras —dijo el pfifltriggi con un sonido silbante que al parecer era el equivalente de una risa.

—¿Entre ustedes las hembras cuentan más que entre los demás *jnau*?

—Mucho más. Los sorns son quienes menos las consideran y nosotros quienes más lo hacemos.

18

Aquella noche Ransom durmió en la casa de huéspedes, que era una verdadera casa construida por los pfifltriggi y ricamente decorada. El placer de encontrarse en ese sentido bajo condiciones más humanas se vio limitado por la incomodidad que no podía dejar de sentir, a pesar de su razonamiento, ante la cercana presencia de tantas criaturas malacándricas. Estaban las tres especies. Parecían no sentirse incómodos entre sí, aunque había algunos desacuerdos, como los que ocurren en un vagón de ferrocarril terrestre: los sorns encontraban la casa demasiado caliente, y los pfifltriggi, demasiado fría. En esa única noche aprendió más sobre el humor malacándrico y los ruidos que lo expresaban que en todo el tiempo anterior en el extraño planeta; todas las conversaciones en las que había intervenido hasta entonces en Malacandra habían sido serias. Al parecer, el espíritu cómico surgía sobre todo cuando se encontraban distintos tipos de *jnau*. Las bromas de las tres especies le resultaron igualmente incomprensibles. Creyó advertir ciertas diferencias de estilo: los sorns no pasaban más allá de la ironía, mientras que los jrossa eran extravagantes y fantasiosos, y los pfifltriggi agudos y sobresalientes para insultar. Sin embargo, aun en los casos en que podía entender todas las palabras se le escapaba el sentido de las bromas. Se fue a dormir pronto.

Por la mañana lo despertaron temprano, a la hora en que en la Tierra los hombres van a ordeñar las vacas. Al principio no supo qué lo había despertado. La habitación que ocupaba estaba silenciosa, vacía y casi a oscuras. Se disponía a dormir otra vez cuando una voz de tono alto y agudo dijo junto a él:

—Oyarsa quiere que vayas.

Se sentó mirando a su alrededor. No había nadie y la voz repitió:

—Oyarsa quiere que vayas.

Ahora la confusión del sueño lo iba abandonando y supo que había un eldil en el cuarto. No sentía miedo consciente, pero, mientras se ponía de pie con obediencia y se vestía, descubrió que su corazón latía con fuerza. Pensaba menos en la criatura invisible del cuarto que en la entrevista que le aguardaba. Había perdido

por completo sus antiguos terrores de encontrarse con algún ídolo
o monstruo; se sentía nervioso como un estudiante en la mañana
del examen. Deseaba con toda su alma una taza de té.

La casa de huéspedes estaba vacía. Salió. Un humo azulado
se alzaba sobre el lago y el cielo brillaba tras la dentada pared
oriental del desfiladero; faltaban pocos minutos para que saliera
el sol. El aire estaba aún muy frío, la hierba húmeda con rocío
y en toda la escena había un elemento particular que un momento
después Ransom relacionó con el silencio. Habían dejado de
sonar las voces de eldila en el aire y había desaparecido la red
cambiante de pequeñas luces y sombras. Sin que se lo dijeran
supo que debía subir hacia la cima de la isla y el bosquecillo.
Cuando se acercó sintió que el corazón se le paraba: la avenida
de los monolitos estaba llena de seres de Malacandra, en perfecto
silencio, formados en dos hileras, una a cada lado, y todos
agachados o sentados en las diversas posiciones adecuadas a su
anatomía. Siguió caminando lento e inseguro, sin animarse a
detenerse, y pasó entre la doble hilera sintiendo fijos en él aquellos ojos inhumanos, que no parpadeaban. Cuando llegó a la
cima, al centro de la avenida donde se alzaba la piedra mayor,
se detuvo. Nunca pudo recordar más tarde si se lo había indicado
la voz de un eldil o si había sido una intuición propia. No se
sentó, porque la tierra estaba demasiado fría y húmeda y no
estaba seguro de que hacerlo fuera decoroso. Se quedó de pie,
inmóvil como un soldado en posición de firme. Todas las criaturas
lo miraban y no se oía el menor sonido.

Advirtió gradualmente que el lugar estaba lleno de eldila. Las
luces, o sugestiones de luz, que el día anterior estaban desparramadas por la isla, ahora se habían congregado en ese único
punto y estaban fijas o apenas se movían. Ya había salido el sol
y todos seguían sin hablar. Cuando levantó la cabeza para mirar
la pálida luz solar sobre los monolitos vio que sobre él el aire
estaba ocupado por una luz de una complejidad tal que no podía
ser producida por el amanecer; era una luz distinta, luz eldil.
Había tantas criaturas en el cielo como en la tierra, los seres
malacándricos visibles eran solo la parte más reducida de la
asamblea silenciosa que lo rodeaba. Cuando llegara el momento,
podría estar defendiendo su causa ante miles o millones: las
criaturas que nunca habían visto al hombre y a quienes el hombre

no podía ver esperaban que comenzara su proceso, fila tras fila
a su alrededor, fila tras fila sobre su cabeza. Se humedeció los
labios resecos y se preguntó si sería capaz de hablar cuando se
lo pidieran. Luego se le ocurrió que quizás esa espera y escrutinio
eran el proceso, quizás en ese mismo instante estaba diciéndoles
de forma inconsciente lo que querían saber. Pero después, mucho
después, hubo sonidos y movimientos. Todos los seres visibles
del bosquecillo se habían puesto de pie y así se quedaron, con
la cabeza baja, más quietos que nunca, y Ransom vio (si podía
hablarse de ver) que Oyarsa se acercaba entre las largas hileras
de piedras esculpidas. En parte lo supo por la expresión de los
habitantes de Malacandra mientras su señor pasaba ante ellos,
en parte vio (no podía negar que veía) a Oyarsa mismo. Nunca
pudo expresar a qué se parecía. El susurro más elemental de
luz, no; menos que eso, la disminución más pequeña de la sombra
se desplazaba sobre la superficie despareja de la hierba o más
bien cierta diferencia en el aspecto del suelo se movía lentamente
hacia él, demasiado leve para expresarla en el lenguaje de los
cinco sentidos.

Como un silencio que se expande en una habitación llena de
gente, como una frescura infinitesimal en un día bochornoso, como
el recuerdo pasajero de un sonido o un aroma largamente olvi-
dados, como todo lo más tranquilo y pequeño y difícil de captar
de la naturaleza, Oyarsa pasó entre sus súbditos, se acercó y se
detuvo inmóvil, a menos de diez metros de Ransom, en el centro
de Meldilorn. Ransom sintió un hormigueo en la sangre y un
escozor en los dedos, como si hubiera un relámpago cerca de él,
y le pareció que su corazón y su cuerpo estaban hechos de agua.

Oyarsa habló con una voz menos humana que todas las que
había oído hasta entonces, dulce y aparentemente remota; una
voz firme, una voz que, como le dijo uno de los jrossa más tarde,
«no tenía sangre. Para ellos la luz es la sangre». Las palabras no
eran atemorizantes.

—¿De qué tienes miedo, Ransom de Thulcandra? —dijo.

—De ti, Oyarsa, porque eres distinto de mí y no puedo verte.

—Esos no son motivos importantes —dijo la voz—. Tú también
eres diferente de mí y, aunque puedo verte, te veo muy levemente.
Pero no creas que somos tan distintos. Ambos somos reproduc-
ciones de Maleldil. Esos no son los verdaderos motivos,

Ransom no dijo nada.

—Comenzaste a temerme antes de pisar mi mundo. Y desde entonces pasaste todo el tiempo huyendo de mí. Mis siervos vieron tu miedo cuando estabas en tu nave en el cielo. Vieron que tus semejantes te trataban mal, aunque no pudieron comprender sus palabras. Luego, para librarte de ellos, irrité a un *jnakra* para ver si venías a mí por tu propia voluntad. Pero te escondiste entre los jrossa y, aunque ellos te dijeron que vinieras, no lo hiciste. Luego envié a mi eldil a buscarte, pero seguías sin venir. Y finalmente tus propios semejantes te persiguieron hacia mí y se derramó sangre de *jnau*.

—No entiendo, Oyarsa. ¿Quieres decir que tú ordenaste que me trajeran desde Thulcandra?

—Sí. ¿No te lo dijeron los otros? ¿Y por qué viniste con ellos sino para obedecer mi llamada? Mis siervos no podían entender lo que hablaban contigo cuando tu nave estaba en el cielo.

—Tus siervos... No comprendo —dijo Ransom.

—Pregunta sin miedo —dijo la voz.

—¿Tienes siervos en los cielos?

—¿Y si no dónde? No hay otro lugar.

—Pero tú, Oyarsa, estás aquí en Malacandra, como yo.

—Pero Malacandra, como todos los mundos, flota en el cielo. Y yo no estoy «aquí» del todo, como tú, Ransom de Thulcandra. Las criaturas como tú deben caer fuera del cielo a un mundo, para nosotros los mundos son lugares en el cielo. Pero no trates de comprenderlo ahora. Es suficiente con que sepas que en este mismo instante mis siervos y yo estamos en el cielo. Te rodeaban en la nave celestial de la misma forma que te rodean ahora.

—¿Entonces tú sabías de nuestro viaje antes de que dejáramos Thulcandra?

—No. Thulcandra es el mundo que no conocemos. El único que está fuera del cielo y ningún mensaje llega de él.

Ransom se quedó en silencio, pero Oyarsa contestó sus preguntas inexpresadas.

—No siempre fue así. En otros tiempos conocíamos al Oyarsa de tu mundo (era más brillante y magnífico que yo) y en ese entonces no lo llamábamos Thulcandra. Es la más extensa y amarga de todas las historias. El Oyarsa de ustedes se volvió torcido. Fue antes de que hubiera vida sobre tu mundo. Fueron los Años Torcidos, de los que aún se habla en los cielos, cuando él no estaba confinado en Thulcandra, sino libre, como nosotros. Tenía el proyecto de arruinar otros mundos además del suyo. Golpeó tu luna con la mano izquierda y con la derecha trajo a mi *jarandra* la muerte helada antes de que llegase el momento; si Maleldil no hubiera abierto los *jandramit* por mi intermediación y dejado que brotaran los manantiales calientes, mi mundo habría quedado despoblado. No dejamos al torcido en libertad por mucho tiempo. Hubo un gran combate y lo expulsamos del cielo y lo confinamos al aire de su propio mundo, como Maleldil nos había enseñado. Sin duda, allí sigue hoy, y no supimos más de ese planeta: está en silencio. Creemos que Maleldil no debe de haber abandonado por completo al Torcido, y entre nosotros se cuentan historias de que Él hizo caso de extraños consejos y se atrevió a cosas terribles en su lucha contra el Torcido de Thulcandra. Pero de esto sabemos menos que tú, es algo que nos gustaría averiguar.

Pasó cierto tiempo antes de que Ransom volviera a hablar y Oyarsa respetó su silencio. Cuando se recuperó dijo:

—Después de oír tu historia, Oyarsa, puedo decirte que nuestro mundo es muy torcido. Los dos que me trajeron no sabían nada de ti, solo que los sorns habían pedido que me trajeran. Creían que eras un falso eldil, supongo. En las partes salvajes de mi mundo hay falsos eldila; los hombres matan a otros hombres ante ellos, creen que el eldil bebe sangre. Ellos supusieron que los sorns me querían para eso o para algo semejante. Me trajeron por la fuerza. Yo tenía un miedo terrible. Los que cuentan historias en mi mundo nos hacen pensar que si hay vida más allá de nuestro aire, tiene que ser maligna.

—Comprendo —dijo la voz—. Y esto explica cosas que me habían intrigado. Tan pronto como pasaron su aire y penetraron en el cielo, mis siervos me contaron que tú parecías venir contra tu voluntad y que los otros te ocultaban cosas. No creí que hubiera una criatura tan torcida para traer a un semejante por la fuerza.

—No sabían lo que tú querías de mí, Oyarsa. Tampoco yo lo sé.

—Te lo diré. Hace dos años, que son unos cuatro años de los tuyos, esta nave entró en los cielos desde tu mundo. La seguimos durante todo el trayecto y los eldila la acompañaron mientras navegaba sobre el jarandra y, cuando al fin bajó en el jandramit, más de la mitad de mis siervos la rodeó para ver salir a los extraños. Mantuvimos apartados a todos los animales del lugar y ningún jnau se enteró de su llegada. Cuando los extraños recorrieron esa región de Malacandra y construyeron una cabaña y su temor al mundo nuevo se disipó, envié algunos sorns para que se hicieran ver y les enseñaran nuestro idioma. Elegí a los sorns porque son los más parecidos a tu gente. Los thulcandrianos tuvieron miedo de los sorns y era difícil enseñarles. Los sorns volvieron a verlos muchas veces y les enseñaron un poco. Me informaron que los thulcandrianos extraían la sangre del sol de todos los arroyos donde la encontraban. Cuando no pude enterarme de nada nuevo por los informes, les dije a los sorns que los trajeran a mí, no por la fuerza, sino cortésmente. No vinieron. Pedí que viniera uno de ellos, pero no vino ni siquiera uno. Hubiera sido fácil apresarlos, pero, aunque veíamos que eran estúpidos, no sabíamos aún que eran tan torcidos y yo no quería ejercer mi autoridad sobre criaturas de otro mundo. Les dije a los sorns que los trataran como si fueran cachorros, que les dijeran que no se les permitiría sacar más sangre del sol hasta que uno de su raza viniera a verme. Cuando les dijeron eso cargaron todo lo posible su nave celestial y regresaron a su mundo. Esto nos intrigó, aunque ahora está claro. Creyeron que quería a un integrante de tu raza para comérmelo y fueron a buscarlo. Si hubieran recorrido unos pocos kilómetros para verme, los habría recibido honrosamente.

Ahora han recorrido dos veces sin necesidad una distancia de millones de kilómetros y, a pesar de todo, comparecerán ante mí. Y tú también, Ransom de Thulcandra, te metiste en mil dificultades con tal de no estar de pie donde ahora estás.

—Es cierto, Oyarsa. Los seres torcidos tienen muchos temores. Pero ahora estoy aquí, listo para saber cuál es tu voluntad.

—Hay dos cosas que quiero preguntarle a tu raza. Primero debo saber por qué vinieron aquí. Es mi deber hacia mi mundo. Y, en segundo lugar, quiero tener noticias de Thulcandra y de las extrañas guerras de Maleldil con el Torcido, porque, como ya te he dicho, es algo que quisiéramos saber.

—Respecto a la primera pregunta, Oyarsa, yo vine porque me trajeron. En cuanto a los otros, a uno solo le importa la sangre del sol, porque en nuestro mundo puede canjearla por muchos placeres y poder. Pero el otro significa el mal para ti. Creo que destruiría a todo tu pueblo para que hubiera lugar para nuestra gente y luego haría lo mismo con otros mundos. Quiere que nuestra raza sea eterna, creo, y tiene la esperanza de que pase de mundo en mundo... siempre dirigiéndose a un sol nuevo cuando otro viejo muera... o algo así.

—¿Tiene el cerebro dañado?

—No sé. Quizás no describo sus ideas con exactitud. Él es más sabio que yo.

—¿Cree que puede ir a los mundos grandes? ¿Cree que Maleldil desea que una raza sea eterna?

—Él no sabe que hay un Maleldil. Pero lo cierto, Oyarsa, es que trae el mal a tu mundo. No debes permitir que los de nuestra especie vuelvan otra vez aquí. Si solo puedes evitarlo matándonos a nosotros tres, estaré de acuerdo.

—Si ustedes fueran parte de mi gente los mataría a ellos ahora mismo, Ransom, y a ti un poco después, porque ellos están torcidos más allá de toda esperanza y tú, cuando seas un poco más valiente, estarás listo para unirte a Maleldil. Pero mi autoridad termina en los límites de mi mundo. Matar a un *jnau* ajeno es algo terrible. No será necesario.

—Ellos son poderosos, Oyarsa, pueden arrojar la muerte a muchos kilómetros de distancia y pueden hacer caer aires que matan a sus enemigos.

—El más insignificante de mis siervos podría haber tocado su nave antes de que llegara a Malacandra, mientras estaba en el cielo, y convertirla en un cuerpo de movimientos diferentes; desde tu punto de vista, habría dejado de ser un cuerpo. Quédate tranquilo, que nadie de tu raza volverá a entrar en mi mundo a menos que yo lo llame. Pero pasemos a otro tema. Cuéntame ahora cosas de Thulcandra. Cuéntame todo. No sabemos nada desde el día en que el Torcido se hundió fuera del cielo en el aire de tu mundo, herido en la misma luz de su luz. Pero ¿por qué vuelves a tener miedo?

—Tengo miedo de esas extensiones de tiempo, Oyarsa... o quizás no comprendo. ¿No dijiste que eso ocurrió antes de que hubiera vida en Thulcandra?

—Sí.

—¿Y tú, Oyarsa? Has vivido… ¿Y la imagen de la roca, donde el frío está matando a los animales sobre el *jarandra*, es la imagen de algo que ocurrió antes de que mi mundo comenzara?

—Veo que eres un *jnau* después de todo —dijo la voz—. Es evidente que ninguna roca expuesta al aire en ese entonces sería roca hoy. Esa imagen comenzó a desmenuzarse y fue copiada nuevamente tantas veces como eldila hay en el aire sobre tu cabeza. Pero fue copiada con exactitud. En ese sentido estás viendo una imagen ejecutada cuando tu mundo aún estaba a medio hacer. Pero no pienses en esas cosas. Mi pueblo tiene la ley de no hablar mucho acerca de tamaños o cantidades con otros pueblos, ni siquiera con los sorns. Ustedes no comprenden y eso los hace reverenciar cosas que no tienen importancia y pasar por alto lo verdaderamente grande. Más bien cuéntame qué ha hecho Maleldil en Thulcandra.

—Según nuestras tradiciones… —comenzó Ransom, cuando un tumulto inesperado irrumpió en medio de la solemne quietud de la asamblea. Un grupo grande, casi una procesión, se aproximaba al bosquecillo desde el trasbordador. Hasta donde Ransom podía ver, estaba integrada totalmente por jrossa y parecían llevar algo.

19

Cuando el grupo se acercó más vio que los jrossa que iban al frente llevaban tres bultos estrechos y alargados. Cada bulto era transportado sobre la cabeza por cuatro jrossa. Detrás de ellos venía otro grupo, armado con arpones, al parecer custodiando a dos criaturas que no reconoció. La luz les daba desde atrás mientras entraban a la avenida de los monolitos. Eran mucho más bajos que cualquier ser que hubiera visto en Malacandra y dedujo que eran bípedos, aunque los miembros inferiores eran tan robustos y salchichudos que no se atrevía a llamarlos piernas. Los cuerpos eran un poco más estrechos en la parte superior que en la base, dándoles un leve aspecto de pera, y las cabezas no eran redondas como las de los jrossa ni alargadas como las de los sorns, sino casi cuadradas. Avanzaban con torpeza sobre pies estrechos y de aspecto pesado que parecían apoyarse contra el suelo con violencia innecesaria. Y ahora sus caras se iban haciendo visibles como masas de carne apelotonada y arrugada de diversos colores, orladas por una sustancia oscura, peluda... De pronto, con un indescriptible cambio de sentimientos, advirtió que estaba viendo hombres. Los dos prisioneros eran Weston y Devine, y él, durante un momento privilegiado, había visto la forma humana con ojos casi malacándricos.

Los que encabezaban la comitiva habían llegado a unos pocos metros de Oyarsa y bajaban su carga. Ransom pudo ver que eran tres jrossa muertos que yacían sobre angarillas fúnebres de un metal desconocido. Estaban boca arriba y no tenían los ojos cerrados como los muertos humanos: miraban, fijos y desconcertantes, hacia el alto dosel dorado del bosquecillo. Uno de ellos era Jyoi. Fue su hermano, Jyayi, quien se adelantó y, después de inclinarse ante Oyarsa, comenzó a hablar.

Al principio Ransom no oyó lo que decía, porque estaba concentrado en Weston y Devine. No tenían armas y eran vigilados de cerca por los jrossa armados. Como Ransom, ambos habían dejado de afeitarse desde la llegada al planeta y estaban pálidos y sucios. Weston, de pie con los brazos cruzados, tenía una expresión fija, casi artificial, de desesperación. Devine, con las manos en los bolsillos, parecía estar de furioso mal humor. Sin duda, los dos tenían buenos motivos para tener miedo, aunque no les faltaba valor. Rodeados por los guardias y con la atención puesta en la situación que se desarrollaba ante ellos, no habían notado la presencia de Ransom, que comenzó a escuchar lo que decía el hermano de Jyoi.

—No me quejo mucho de la muerte de estos dos, Oyarsa, porque cuando anoche caímos sobre los *jombra* estaban aterrorizados. Podríamos decir que fue una cacería y que los dos murieron como si hubieran luchado con un *jnakra*. Pero a Jyoi lo hirieron desde lejos con un arma de cobardes, sin que él hubiera hecho nada para asustarlos. Y ahora mi hermano está ahí tendido, él, que fue un *jnakrapunt* y un magnífico poeta, y su muerte es una dura pérdida.

La voz de Oyarsa habló por primera vez a los dos hombres.

—¿Por qué han matado a mi *jnau*? —preguntó.

Weston y Devine miraron ansiosamente a su alrededor para averiguar quién hablaba.

—¡Por Dios! —exclamó Devine en inglés—. ¡No me digas que tienen un altavoz!

—Ventriloquía —replicó Weston en un ronco susurro—. Muy común entre salvajes. El brujo o chamán pretende entrar en trance y hace de ventrílocuo. La cuestión es identificar al brujo y dirigirte a él en vez de hacerlo hacia la voz; eso le destroza los nervios y le demuestra que no caíste en la trampa. ¿Ves a alguno de estos brutos en trance? ¡Caramba, creo que lo descubrí!

Han de reconocerse los poderes de observación de Weston: había elegido al único ser de la asamblea que no estaba de pie en actitud de reverencia y atención. Se trataba de un anciano jross agachado, con los ojos cerrados, cerca de él. Adelantándose un paso, Weston adoptó una actitud desafiante y exclamó en voz alta (su conocimiento del idioma era elemental).

—¿Por qué nos quitaron nuestros *bang bang*? Nosotros estar furiosos con ustedes. No tener miedo.

Según la hipótesis de Weston, su actuación debería haber sido impresionante. Por desgracia para él, nadie compartía su teoría sobre el comportamiento del anciano jross. El jross (a quien todos conocían bien, incluso Ransom) no había llegado con la comitiva funeraria. Había estado en su puesto desde el amanecer. Sin duda, no tenía intención de faltarle al respeto a Oyarsa, pero había sucumbido desde temprano a una debilidad que aqueja a los *jnau* ancianos de todas las especies y ahora disfrutaba de una siesta profunda y reconfortante. Uno de sus bigotes se crispó un poco cuando Weston le gritó en la cara, pero sus ojos siguieron cerrados.

La voz de Oyarsa volvió a oírse.

—¿Por qué le hablas a él? —dijo—. Soy yo quien te pregunta ¿por qué mataste a mi *jnau*?

—Tú dejarnos ir, entonces hablar —vociferó Weston al jross dormido—. Tú pensar que nosotros no poder pensar que tú hacer lo que quieras. Tú no poder. Nos envía el gran cacique del cielo. Si ustedes no hacer lo que él dice, él venir y destruirlos a todos: ¡*Puf!*, ¡*bang*!

—No sé lo que quiere decir *bang* —dijo la voz—. Pero ¿por qué mataste a mi *jnau*?

—Diles que fue un accidente —le murmuró Devine en inglés.

—Ya te dije que no sabes cómo tratar con los nativos —contestó Weston en el mismo idioma—. Al menor signo de debilidad se nos echarán encima. El único camino posible es intimidarlos.

—¡Está bien! Entonces sigue con tu número —gruñó Devine. Era evidente que comenzaba a perder la confianza en su socio.

Weston carraspeó y se encaró una vez más al jross anciano.

—Nosotros lo matamos —gritó—. Eso mostrar lo que podemos hacer. Todo el que no hacer lo que decimos... ¡puf, bang!... matarlo como a ese. Hacer lo que decimos y nosotros darte cosas lindas. ¡Miren, miren!

Entonces Weston extrajo del bolsillo, para gran vergüenza de Ransom, un collar de cuentas brillantes, indudable obra del señor Woolworth,* y comenzó a agitarlo ante las caras de los guardias, girando lentamente una y otra vez y repitiendo:

—¡Bonito, bonito! ¡Miren! ¡Miren!

El resultado de esa treta fue más impactante de que lo que el mismo Weston había esperado. Un rugir de sonidos nunca escuchados por oídos humanos (ladridos de jrossa, silbar de pfifltriggi, estruendos de sorns) hizo pedazos el silencio del solemne lugar, despertando ecos en las lejanas paredes montañosas. Incluso en el aire hubo un débil resonar de voces eldil. Debe reconocerse una

---

* Famoso comerciante americano del siglo XIX. (*N. del t.*).

vez más el valor de Weston; aunque palideció un poco no perdió el ánimo.

—¡Ustedes no rugirme! —atronó—. ¡No tratar de asustarme! Yo no tenerles miedo.

—Debes perdonar a mi gente —dijo la voz de Oyarsa. Incluso esta había cambiado sutilmente—. Pero no están rugiendo. Solo se ríen.

Pero Weston no conocía la palabra «reír» en malacándrico; en realidad, era una palabra que no conocía bien en ningún idioma. Miró a su alrededor con expresión perpleja. Ransom, mordiéndose los labios de pura humillación, casi rogó que el experimento con las cuentas de colores hubiera dejado satisfecho al científico. Pero no conocía bien a Weston. Este, al ver que el estruendo se calmaba, creyó que estaba siguiendo las pautas adecuadas para atemorizar y luego congraciarse con las razas primitivas, y no era hombre que se dejara desalentar por uno o dos fracasos. El ruido que brotó de las gargantas de todos los espectadores cuando comenzó a girar otra vez como la imagen en cámara lenta de un trompo, secándose de cuando en cuando la frente con la mano izquierda y agitando meticulosamente el collar de arriba abajo con la derecha, ahogó por completo lo que intentaba decir. Pero Ransom veía el movimiento de sus labios y estaba seguro de que seguía diciendo: «¡Bonito, bonito!». De pronto el volumen de la risa casi se duplicó. Los astros no eran favorables a Weston. El vago recuerdo de los esfuerzos realizados tiempo atrás para entretener a un sobrinito habían comenzado a penetrar en su cerebro altamente disciplinado. Ahora se agitaba de arriba abajo desde las rodillas e inclinaba la cabeza de lado, casi bailaba y estaba realmente acalorado. Por lo que Ransom podía apreciar, estaba diciendo: «¡Ajo, ajo, ajo!».

Fue el agotamiento lo que terminó con la actuación del gran físico (la más exitosa de ese tipo que se hubiera dado nunca en Malacandra) y con los estruendosos éxtasis eufóricos de su público. Cuando volvió el silencio, Ransom oyó la voz de Devine que decía en inglés:

—¡Por el amor de Dios, Weston, deja de hacer el payaso! ¿No te das cuenta de que no funciona?

—No parece funcionar —admitió Weston—. Y me inclino a pensar que tienen aún menos inteligencia de lo que suponía. ¿Crees que si pruebo otra vez... o quieres hacerlo tú?

—¡Vete a la porra! —dijo Devine, y dándole la espalda a su socio se sentó de golpe en el suelo, sacó la cigarrera y se puso a fumar.

—Se lo daré al brujo —dijo Weston en el momento de silencio que los desorientados espectadores hicieron ante el acto de Devine y, antes de que nadie pudiera detenerlo, se adelantó y trató de hacer caer el collar de cuentas alrededor del cuello del anciano jross. Pero la cabeza del jross era demasiado ancha y el collar quedó en la frente como una corona y algo inclinado sobre un ojo. El jross movió un poco la cabeza, como un perro al que le molestan las moscas, resopló con suavidad y siguió durmiendo.

Ahora la voz de Oyarsa se dirigió a Ransom.

—¿Tus compañeros tienen el cerebro dañado, Ransom de Thulcandra? —dijo—. ¿O tienen demasiado miedo a contestar mis preguntas?

—Supongo que no creen que estés aquí, Oyarsa —dijo Ransom—. Y creen que todos estos *jnau* son como... como cachorros muy pequeños. El *jombre* más grueso trata de asustarlos y luego complacerlos con regalos.

Al oír la voz de Ransom, los dos prisioneros se dieron vuelta, sorprendidos. Weston iba a hablar, pero Ransom lo interrumpió precipitadamente en inglés:

—Escucha, Weston. Esto no es un truco. Hay realmente una criatura en el centro de este lugar: ahí donde se ve algo como una luz, si miras con atención. Y es al menos tan inteligente como un hombre; parece que vive períodos enormes de tiempo. Deja de tratarlo como a un niño y contesta sus preguntas. Y si quieres que te dé un consejo, dile la verdad y no fanfarronees.

—Estos brutos parecen tener la inteligencia necesaria para haberte engañado, según parece —gruñó Weston, que se dio vuelta hacia el jross dormido (el deseo de despertar al supuesto brujo se estaba convirtiendo en una obsesión) y se dirigió a él en un tono de voz distinto.

—Nosotros lamentar haberlo matado —dijo señalando a Jyoi—. No venir a matarlo. Sorns decirnos traer un hombre y entregarlo a tu gran jefe. Nosotros volver al cielo. Él (señaló a Ransom) venir con nosotros. Él ser hombre muy torcido, escapar, no hacer lo que los sorns decirnos. Nosotros correr detrás, para devolverlo a los sorns, querer hacer lo que habíamos dicho y los sorns ordenarnos,

¿entiendes? Él no dejarnos. Escapar, correr, correr. Nosotros correr detrás. Ver un ser grande, negro, creer que él querer matarnos, nosotros matarlo a él: ¡puf!, ¡bang! Todo por culpa del hombre torcido. Si él no escapar, todo estar bien, nosotros no correr detrás, no matar al ser grande y negro, ¿entiendes? Tú tener al hombre torcido, hombre torcido que provocar todos los problemas, tú poder quedártelo, nosotros irnos. Él tener miedo de ustedes, nosotros no. Escucha...

En ese momento, la vociferación constante de Weston ante el rostro del jross produjo al fin el efecto que tanto había buscado. El robusto ser abrió los ojos y lo miró con placidez, un poco perplejo. Luego, advirtiendo poco a poco la incorrección en la que había caído, se alzó lentamente hasta quedar de pie, se inclinó con respeto hacia Oyarsa y, por último, salió de la reunión balanceándose como un pato, con el collar colgando sobre la oreja y el ojo derecho. Weston, con la boca aún abierta, siguió mirando a la figura en retirada hasta que se perdió entre los tallos del bosquecillo.

Oyarsa rompió el silencio.

—Ya hemos tenido bastante diversión y es hora de oír verdaderas respuestas a nuestras preguntas —dijo—. Algo anda mal en tu cabeza, *jnau* de Thulcandra. Hay demasiada sangre en ella. ¿Está presente Firikitekila?

—Aquí estoy, Oyarsa —dijo un pfifltriggi.

—¿Tienes en tus cisternas suficiente agua enfriada?

—Sí, Oyarsa.

—Entonces haz que lleven a este *jnau* grueso a la casa de huéspedes y que le metan la cabeza en agua fría. Mucha agua y muchas veces. Luego traedlo aquí. Entretanto, me ocuparé de mis jrossa muertos.

Weston no entendía con claridad lo que decía la voz (en realidad, estaba demasiado concentrado en averiguar de dónde surgía), pero el terror se apoderó de él cuando se vio agarrado por los fornidos brazos de los jrossa que lo rodeaban y llevado por la fuerza. Ransom le hubiera gritado de buena gana alguna frase de aliento, pero Weston gritaba con tal intensidad que no habría podido oírlo. Mezclaba palabras en inglés y malacándrico, y lo último que se oyó fue un grito ascendente:

—¡Pagarán por esto! ¡Puf, bang! ¡Ransom, por el amor de Dios...! ¡Ransom!, ¡Ransom!

—Y ahora vamos a honrar a mis *jnau* muertos —dijo Oyarsa cuando se restableció la calma.

Ante esas palabras, diez jrossa se agruparon alrededor de las angarillas fúnebres. Levantaron la cabeza y, sin que mediara ninguna señal, empezaron a cantar.

En sus relaciones con un nuevo arte para todo hombre llega un momento en que lo que antes no tenía sentido levanta por primera vez un extremo del telón que oculta su misterio y revela, en un estallido de deleite que no volverá a repetirse en el entendimiento posterior y mejor, un destello de sus posibilidades infinitas. Para Ransom había llegado ese momento en su comprensión del canto malacándrico. Ahora advertía por primera vez que sus ritmos se basaban en una sangre distinta a la nuestra, en un corazón que latía más rápido y en un calor interno más intenso. Gracias a su conocimiento de las criaturas y su amor por ellas comenzó, siempre en proporción minúscula, a oír con los oídos de ellas. Los primeros compases de la profunda canción funeraria despertaron en él una sensación de grandes masas moviéndose a velocidades visionarias, de gigantes danzando, de penas sempiternas eternamente consoladas, de algo que no sabía bien qué era pero siempre había conocido, que hicieron que su espíritu se inclinara como si las puertas del cielo se hubieran abierto ante él.

—Déjalo marchar —cantaban—. Déjalo marchar, deshacerse y no ser cuerpo. Déjalo caer, libéralo; déjalo caer, como una piedra soltada por unos dedos en un estanque en calma. Déjalo ir hacia abajo, hundirse, caer. Más allá de la superficie no hay divisiones, ni capas distintas en el agua que siempre cede hacia abajo; es un elemento indivisible, único. Que se vaya de viaje, ya no regresará. Ábrete, oh mundo colorido, sin peso, sin orillas. Tú eres segundo y mejor; este fue primero y débil. En otros tiempos, los mundos tenían calor adentro y engendraron vida, pero solo plantas pálidas, plantas oscuras. Hoy podemos ver sus hijos creciendo apartados del sol, en los lugares tristes. Luego, el cielo hizo crecer otro fruto sobre los mundos: las trepadoras altas, los bosques rubios con mejillas de flores. Primero fueron las más oscuras, después las más brillantes. Primero fue la descendencia de los mundos, después la descendencia de los soles.

Eso fue todo lo que pudo recordar y traducir Ransom más tarde. Cuando la canción terminó, Oyarsa dijo:

—Esparzamos los movimientos que eran sus cuerpos. Del mismo modo Maleldil esparcirá todos los mundos cuando el primero y débil se desgaste.

Hizo una señal a uno de los pfifltriggi, que se puso inmediatamente de pie y se acercó a los cadáveres. Los jrossa, cantando otra vez pero muy suavemente, retrocedieron más de diez pasos. El pfifltriggi tocó a cada uno de los tres muertos con un pequeño objeto que parecía ser de vidrio o cristal de roca y luego se apartó con uno de sus saltos de rana. Ransom cerró los ojos para protegerlos de una luz cegadora y sintió durante una fracción de segundo algo como un viento muy fuerte sobre la cara. Luego todo quedó una vez más en calma, y las tres angarillas fúnebres estaban vacías.

—¡Por Dios! Valdría la pena conocer ese truco en la Tierra —le dijo Devine a Ransom—. Soluciona el problema que tienen los asesinos para deshacerse del cadáver, ¿eh?

Pero Ransom, que pensaba en Jyoi, no contestó. Antes de que hablara, la atención de todos se vio atraída por el regreso del pobre Weston rodeado por sus guardias.

20

El jross que encabezaba el grupo era una criatura escrupulosa y comenzó a explicarse de inmediato con voz atribulada.

—Espero que hayamos hecho bien la cosas Oyarsa —dijo—. Pero no sabemos. Le metimos la cabeza en agua fría siete veces, pero a la séptima vez algo cayó de ella. Pensábamos que era la parte superior de la cabeza, pero después vimos que era una especie de abrigo hecho con la piel de un animal. Luego algunos dijeron que habíamos cumplido con tu voluntad al zambullirlo siete veces y otros dijeron que no. Finalmente lo zambullimos siete veces más. Esperamos haber hecho lo correcto. La criatura hablaba mucho entre una zambullida y otra, sobre todo en las siete últimas, pero no pudimos entenderlo.

—Han hecho muy bien, Jnoo —dijo Oyarsa—. Apártense para que pueda verlo, porque voy a hablarle.

Los guardias se apartaron. Bajo la influencia vigorizante del agua fría, la cara de Weston, generalmente pálida, estaba roja como un tomate maduro, y el pelo, que, como era natural, no se había cortado desde la llegada a Malacandra, se le pegaba a la frente en mechas rectas y lacias. Aún le chorreaba agua por la nariz y las orejas. La expresión (por desgracia desperdiciada ante un público que no conocía la fisonomía terrestre) era la de un hombre valiente que sufre por una gran causa y que está más dispuesto a enfrentarse y hasta a provocar lo peor que a evitarlo. Como explicación de su conducta, justo es recordar que, esa mañana, Weston ya había soportado todos los terrores de esperar un martirio y todo el anticlímax de catorce duchas frías obligatorias. Devine, que lo conocía bien, le gritó en inglés:

—Tranquilo, Weston. Estos demonios pueden dividir el átomo o algo parecido. Cuidado con lo que dices y no vayas a salir con tus estupideces habituales.

—¡Ajá! —dijo Weston—. ¿Así que tú también te has pasado al bando de los nativos?

—Silencio —dijo Oyarsa—. Grueso *jnau*, no me has contado nada de ti, así que te lo contaré yo. En tu propio mundo has conseguido una gran sabiduría sobre los cuerpos y gracias a eso has podido construir una nave para cruzar el cielo, pero en todos los demás aspectos tienes la mente de un animal. Cuando llegaste por primera vez, hice que fueran a buscarte con el único propósito de rendirte honores. La oscuridad de tu propia mente te llenó de temor, porque creíste que quería hacerte mal; te comportaste como se comporta un animal con otro que no es de su especie y atrapaste a este Ransom. Ibas a entregarlo al mal que temías. Hoy, al verlo aquí, para salvar tu propia vida, me lo habrías entregado por segunda vez, creyendo que aún quería herirte. Así es como tratas a tus semejantes. Y sé lo que pretendes hacerle a mi gente. Ya has matado a algunos. Y has venido a matar a todos. Para ti no significa nada que un ser sea *jnau* o no. Al principio pensé que era porque solo te importaba que tuvieran o no un cuerpo como el tuyo, pero Ransom lo tiene y lo habrías matado con la misma ligereza que a cualquiera de mis *jnau*. No sabía que el Torcido había llegado a tanto en tu mundo y aún no lo comprendo. Si me pertenecieras, te descorporizaría ahora mismo. No pienses estupideces. Por mi intermedio, Maleldil hace cosas más grandes que esa y puedo descomponerte incluso en los límites del aire de tu propio mundo. Pero aún no he decidido hacerlo. Te toca hablar a ti. Quiero ver si en tu mente hay algo más que miedo, muerte y deseo.

Weston se volvió hacia Ransom.

—Veo que has elegido la crisis más grave de la historia de la humanidad para traicionarla —dijo. Luego se dirigió a la voz.

—Sé que tú matarnos —declaró—. Mí no tener miedo. Otros venir, apoderarse de tu mundo...

Pero Devine se había puesto de pie de un salto y lo interrumpió.

—No, no, Oyarsa —gritó—. No escucharlo. Él ser muy tonto, tener sueños. Nosotros ser gente muy pequeña, solo querer bonita sangre solar. Tú darnos mucha sangre solar, nosotros volver al cielo, tú no vernos más. Asunto concluido, ¿entiendes?

—Silencio —dijo Oyarsa. Hubo un cambio casi imperceptible en la luz desde la que brotaba la voz, y Devine se contrajo y cayó al suelo. Cuando volvió a sentarse, estaba pálido y jadeante.

—Sigue hablando —le dijo Oyarsa a Weston.

—Mí no... no... —empezó Weston en malacándrico y luego se detuvo—. No puedo decir lo que quiero en ese maldito idioma —dijo en inglés.

—Háblale a Ransom y él lo traducirá a nuestra lengua —dijo Oyarsa.

Weston aceptó la proposición inmediatamente. Creía que había llegado la hora de su muerte y estaba decidido a declarar lo único (aparte de su ciencia) que tenía por decir. Carraspeó, adoptó una actitud casi dramática y comenzó:

—Puedo parecerte un vulgar ladrón, pero sobre mis hombros descansa el destino de la raza humana. Tu vida tribal, con esas armas de la edad de piedra y las cabañas en forma de colmena, los primitivos botecitos y la estructura social elemental, no puede compararse con nuestra civilización: con nuestra ciencia, medicina y leyes, ejércitos, arquitectura, comercio y sistema de transportes que se apodera con rapidez del espacio y el tiempo. El derecho que tenemos para eliminarlos es el derecho de la vida superior sobre la inferior. La vida...

—Un momento —dijo Ransom en inglés—. Eso es lo máximo que puedo manejar de un solo tirón.

Luego, volviéndose hacia Oyarsa, empezó a traducir de la mejor manera posible. El proceso era difícil y el resultado, que sentía como bastante insatisfactorio, era semejante a lo siguiente:

—Entre nosotros, Oyarsa, hay una clase de *jnau* que se apodera de la comida y... las cosas de otros *jnau* mientras no están mirando. Dice que él no es un integrante ordinario de ese grupo. Dice que lo que hace ahora logrará que las cosas sean muy distintas para los de nuestra gente que aún no han nacido. Dice que, entre ustedes, los *jnau* de una misma familia viven juntos y que los jrossa tienen flechas como las que usábamos nosotros hace mucho tiempo y que las cabañas de ustedes son pequeñas y redondas y sus botes pequeños y livianos y parecidos a nuestros antiguos botes, y que ustedes tienen un solo gobernante. Dice que entre nosotros es distinto. Dice que sabemos mucho. Dice que, cuando, en nuestro mundo, el cuerpo de una criatura viviente siente dolor y se pone débil, sabemos cómo detener el proceso. Dice que tenemos mucha gente torcida y los matamos o los encerramos en cabañas, que tenemos gente para solucionar las disputas entre los *jnau* torcidos acerca de sus cabañas y sus parejas y sus cosas. Dice que tenemos muchas maneras de que un *jnau* de una región mate a los de otra, y que algunos están disciplinados para hacerlo. Dice que construimos cabañas de piedra muy grandes y fuertes y otras cosas, como los pfifltriggi. Y dice que intercambiamos muchas cosas entre nosotros y podemos transportar pesos enormes a gran velocidad y a mucha distancia. Por todo eso, dice que si nuestra gente mata a toda tu gente, no sería un acto de *jnau* torcidos.

Weston continuó nada más terminar Ransom.

—La vida es más importante que cualquier sistema moral; sus derechos son absolutos. No ha sido gracias a los tabúes tribales y a las máximas de un libro escolar como la vida ha proseguido su marcha incesante desde la ameba hasta el hombre y desde el hombre hasta la civilización.

—Dice —comenzó Ransom— que los seres vivientes son más fuertes que la cuestión de saber si un acto es torcido o bueno... No, no está bien expresado... Dice que es mejor estar vivo y torcido que muerto... No... dice, dice... No puedo decir en tu idioma lo que él dice, Oyarsa. Pero sigue diciendo que la única cosa buena es que haya muchos seres vivientes. Dice que hubo muchos animales antes del primer hombre y que los que surgían después eran mejores que los anteriores, pero dice que los animales no nacieron a causa de lo que los mayores comunican a los jóvenes sobre las acciones buenas o torcidas. Y dice que estos animales no sintieron la menor piedad.

—Ella... —comenzó Weston.

—Perdón —interrumpió Ransom—, pero he olvidado quién es ella.

—La vida, por supuesto —estalló Weston—. Ella ha derrumbado implacablemente todos los obstáculos y eliminado todos los fracasos y hoy, en su forma más elevada, el hombre civilizado, y en mí como su representante, empuja para dar ese salto interplanetario que quizás la sitúe para siempre fuera del alcance de la muerte.

—Dice —recapituló Ransom— que estos seres aprendieron a hacer muchas cosas difíciles, salvo las que no podían, y que los anteriores murieron y los otros seres no les tuvieron lástima. Y dice que ahora el mejor ser es la especie del hombre, que construye las grandes cabañas y transporta los pesos enormes y hace todas las cosas que te conté antes; él es uno de ellos y dice que si los otros supieran lo que está haciendo estarían de acuerdo. Dice que si pudiera matarlos a todos ustedes y traer a nuestra gente a vivir en Malacandra, entonces ellos seguirían viviendo aquí cuando algo

malo le ocurriera a nuestro mundo. Y si algo malo le ocurre a
Malacandra, podrían ir y matar a todos los *jnau* de otro mundo.
Y luego de otro... y así nunca morirían.

—Es en nombre de la Vida misma que estoy dispuesto a clavar
sin vacilaciones la bandera del hombre sobre la superficie de
Malacandra; a seguir la marcha, paso a paso, eliminando donde
fuera necesario a las formas inferiores de vida que encontremos,
reclamando un planeta tras otro, un sistema tras otro, hasta que
nuestra posteridad (sean cuales fueren la extraña forma y la
mentalidad aún desconocida que adoptaran) pueble todas las
partes habitables del universo.

—Dice —tradujo Ransom— que por eso no sería una acción
torcida (o, más bien, dice que sería una acción posible) matarlos
a todos ustedes y traer a los nuestros aquí. Dice que no sentiría
piedad. Vuelve a decir que quizás pudieran seguir moviéndose de
un mundo a otro y, a donde llegaran, matarían a todos. Creo que
ahora está hablando de mundos que giran alrededor de otros soles.
Desea que las criaturas nacidas de nuestra especie estén en tantos
lugares como puedan. Dice que no sabe qué tipo de criaturas serían.

—Puedo caer —dijo Weston—. Pero mientras viva no consentiré
que, teniendo semejante llave en la mano, se cierren las puertas
del futuro de mi raza. Lo que espera en el futuro, más allá de
nuestra percepción actual, no puede ser concebido por la imaginación; para mí es suficiente que haya un más allá.

—Está diciendo —tradujo Ransom— que no dejará de intentar
todo esto a menos que lo maten. Y dice que, aunque no sabe qué
pasará con las criaturas originadas por nosotros, desea mucho que
eso pase.

Weston, que había terminado su declaración, miró alrededor
instintivamente en busca de una silla donde sentarse. En la Tierra,
por lo general, se dejaba caer en una silla mientras comenzaban
los aplausos. Al no encontrar ninguna —no era el tipo de hombre
que se sienta en el suelo, como Devine— se cruzó de brazos y
miró con cierta dignidad a su entorno.

—Ha sido bueno escucharte —dijo Oyarsa—. Porque, aunque
tu mente es más débil, tu voluntad es menos torcida de lo que
pensaba. Lo que harías no sería en tu propio beneficio.

—No —dijo con orgullo Weston en malacándrico—. Yo morir.
El hombre vivir.

—Sin embargo, sabes que esas criaturas tendrán que ser muy distintas a ti para vivir en otros mundos.

—Sí, sí. Todo nuevo. Nadie saber aún. ¡Extraños! ¡Grandes!

—¿Entonces lo que amas no es la forma del cuerpo?

—No. No importarme cómo estar formados ellos.

—Uno pensaría entonces que lo que te importa es la mente. Pero tampoco puede ser, o si no amarías a los *jnau* dondequiera que los encontraras.

—No importarme los *jnau*. Importarme el hombre.

—Pero si no te importa la mente del hombre, que es como la mente de los otros *jnau* (¿acaso Maleldil no los hizo a todos?), ni su cuerpo, que cambiará... Si no te importa ninguna de las dos cosas, ¿qué quieres decir con la palabra «hombre»?

Tuvieron que traducírselo eso a Weston. Cuando lo comprendió dijo:

—Mí importar el hombre... importar nuestra raza... importar lo que el hombre procrea... —Tuvo que preguntarle a Ransom las palabras para «raza» y «procrear».

—¡Es extraño! —dijo Oyarsa—. No amas a nadie de tu raza: habrías permitido que yo matara a Ransom. No amas la mente de tu raza, ni su cuerpo. Cualquier tipo de criatura te dejaría satisfecho con tal de que fuera procreada por tu especie como es hoy. Me parece, Grueso, que lo que amas realmente no es ninguna criatura completa, sino la simiente misma, porque eso es todo lo que queda.

—Dile que no pretendo ser metafísico —dijo Weston cuando Ransom le hizo comprender las palabras de Oyarsa—. No he venido a discutir sofismas. Si él no puede (y al parecer tú tampoco) entender algo tan fundamental como la lealtad de un hombre hacia la humanidad, no puedo hacerle entender nada.

Pero Ransom fue incapaz de traducir estas palabras y la voz de Oyarsa continuó:

—Ahora comprendo cómo te ha torcido el señor del mundo silencioso. Hay leyes que todos los *jnau* conocen, leyes de piedad y trato correcto y vergüenza y otras por el estilo, y una de ellas es el amor por los de la misma especie. Él te enseñó a violar todas menos esta, que no es una de las más importantes; la torció hasta convertirla en locura y, torcida de esta forma, la implantó en tu cerebro para que fuera como un pequeño y ciego Oyarsa. Y ahora solo puedes obedecerla, aunque si te preguntamos por qué es una ley, las razones que das no son distintas a las de las demás leyes más importantes que esta que te llevó a desobedecer. ¿Sabes por qué él ha hecho eso?

—Mí no creer en esa persona... mí sabio, hombre nuevo... no creer en cuentos de viejas.

—Te lo diré: te ha dejado esta única ley porque un *jnau* torcido puede hacer más mal que uno roto. Él solo te ha torcido, pero rompió al Delgado que se sienta en el suelo, porque solo dejó en él la codicia. Ahora no es más que un animal parlante y en mi mundo no podría hacer más daño que un animal. Si me perteneciera podría deshacer su cuerpo, porque en él el *jnau* ha muerto. Pero si tú me pertenecieras, trataría de curarte. Dime, Grueso, ¿por qué viniste aquí?

—Mí contarte ya. Hacer que el hombre vivir todo el tiempo.

—Pero ¿sus hombres sabios son tan ignorantes para no saber que Malacandra es más antiguo que tu propio mundo y está más cerca de la muerte? La mayor parte ya está muerta. Mi gente vive solo en los *jandramit*, el calor y el agua eran más abundantes y serán cada vez más escasos. Pronto, muy pronto, daré fin a mi mundo y devolveré mi gente a Maleldil.

—Yo saber todo eso bien. Esto solo ser la primera prueba. Luego ellos ir a otro mundo.

—Pero ¿no sabes que todos los mundos morirán?

—Los hombres saltar de cada uno antes de que el mundo morir... una y otra vez, ¿entiendes?

—¿Y cuando todos estén muertos?

Weston guardó silencio. Un momento después, Oyarsa volvió a hablar.

—No preguntaste por qué mi gente, cuyo mundo es viejo, no ha preferido ir al tuyo y tomarlo hace mucho tiempo.

—¡Jo, jo! —dijo Weston—. Porque no saber cómo.

—Te equivocas —dijo Oyarsa—. Hace miles de miles de años, cuando aún no había nada vivo sobre tu mundo, la muerte fría se acercaba a mi *jarandra*. Entonces me preocupé mucho, no tanto por la muerte de mis *jnau* (Maleldil no les ha dado mucha vida) como por las cosas que el señor de tu mundo, que aún no estaba confinado, ponía en sus mentes. Los había convertido en gente como la tuya: con la sabiduría necesaria para ver que se acerca la muerte de su especie, pero sin la sabiduría necesaria para soportarlo. Comenzaron a aparecer planes torcidos entre ellos. Eran muy hábiles y podrían haber hecho naves celestiales. Maleldil los detuvo por mi intermedio. Curé a algunos, descorporicé a otros...

—¡Y mira el resultado! —interrumpió Weston—. Ahora ustedes ser muy pocos... encerrados en *jandramits*... pronto morir todos.

—Sí —dijo Oyarsa—. Pero dejamos una cosa detrás de nosotros, en el *jarandra*, y junto con el miedo, el asesinato y la rebelión. El más débil de mi gente no teme la muerte. Es el Torcido, el señor de tu mundo, quien desperdicia sus vidas y las ensucia al hacerles huir de lo que ustedes saben que finalmente les dará alcance. Si fueran súbditos de Maleldil, vivirían en paz.

Weston se retorcía de exasperación entre su deseo de hablar y su ignorancia del idioma.

—¡Basura! ¡Basura derrotista! —le gritó a Oyarsa en inglés. Luego, irguiéndose en toda su estatura, agregó en malacándrico—: Dices que tu Maleldil dejar que todos morir. El otro, el Torcido, luchar, saltar, vivir... no ser pura charla. Mí no importarme Maleldil. Gustar más el Torcido, estar de su lado.

—Pero no te das cuenta de que él nunca querrá ni podrá... —comenzó Oyarsa, y luego se detuvo, como si se controlara—. Pero Ransom debe enseñarme más sobre tu mundo y para eso necesito hasta la noche. No los mataré, ni siquiera al Delgado, porque ustedes no son de mi mundo. Tendrán que irse mañana de aquí en su nave.

El rostro de Devine palideció. Empezó a hablar rápidamente en inglés.

—Por el amor de Dios, Weston, explícales. Hemos estado aquí durante meses; ahora la Tierra no está en oposición. Dile que no podremos hacerlo. Lo mismo daría que nos mate en este momento.

—¿Cuánto durará su viaje a Thulcandra? —preguntó Oyarsa.

Weston, utilizando a Ransom como intérprete, explicó que el viaje, en la posición que tenían los dos planetas en ese momento, era casi imposible. El ángulo del trayecto con respecto a los rayos solares sería totalmente distinto al que habían calculado. Incluso, si por una probabilidad remota alcanzaran la Tierra, era casi seguro que la provisión de oxígeno se agotaría mucho antes de llegar.

—Dile que nos mate ahora —agregó.

—Sé todo eso —dijo Oyarsa—. Y si ustedes siguen en mi mundo, tendré que matarlos; no toleraré criaturas semejantes en Malacandra. Sé que hay pocas probabilidades de que lleguen a su mundo, pero poco no es lo mismo que nada. Entre ahora y la próxima luna deben elegir una de las dos posibilidades. Entretanto, dime lo siguiente. Para llegar a su mundo, ¿cuál es el tiempo máximo que se necesita?

Después de un largo cálculo, Weston contestó con voz temblorosa que, si no llegaban en noventa días, no llegarían nunca, pues además habrían muerto asfixiados.

—Tendrás esos noventa días —dijo Oyarsa—. Mis sorns y pfifl-triggi les darán aire (nosotros también tenemos esa habilidad) y comida para noventa días. Pero le harán algo a la nave. Si es que llega a Thulcandra, no voy a permitir que vuelva a recorrer el cielo. Grueso, tú no estabas aquí cuando deshice a mis jrossa muertos, los que tú mataste. El Delgado te lo contará. Puedo hacer eso, que me enseñó Maleldil, más allá de un abismo de tiempo o lugar. Antes de que parta tu nave celestial, mis sorns la prepararán para que se descorporice a los noventa días, convirtiéndose en lo que ustedes llaman nada. Si ese día los sorprende en el cielo, su muerte no será por ello más amarga, pero no se demoren en la nave si llegan a tocar Thulcandra. Ahora llévense a estos dos y ustedes, hijos míos, hagan lo que quieran. Yo he de conversar con Ransom.

21

Ransom se quedó toda la tarde a solas con Oyarsa contestando a sus preguntas. No me está permitido registrar esa conversación, solo puedo decir que la voz la concluyó con estas palabras:

—Me has mostrado más maravillas de las que se conocen en todo el cielo.

Luego discutieron el futuro de Ransom. Tenía completa libertad para permanecer en Malacandra o intentar el desesperado viaje a la Tierra. Para él el dilema era angustioso. Finalmente decidió compartir la suerte de Weston y Devine.

—El amor a los de la misma especie no es la ley más importante —dijo—. Pero tú dijiste, Oyarsa, que es una ley. Si no puedo vivir en Thulcandra, preferiría no vivir.

—Has hecho la elección correcta —dijo Oyarsa—. Y te diré dos cosas. Mi gente sacará de la nave todas las armas extrañas, pero te dará una a ti. Y los eldila del cielo profundo estarán alrededor de tu nave, y a menudo en su interior, hasta que alcance el aire de Thulcandra. No permitirán que los otros te maten.

A Ransom no se le había ocurrido antes que el asesinato sería uno de los primeros medios que Weston y Devine podrían utilizar para ahorrar comida y oxígeno. Su torpeza lo sorprendió y agradeció a Oyarsa las medidas protectoras. Luego el gran eldil se despidió de él con estas palabras:

—No eres culpable de maldad, Ransom de Thulcandra, aunque sí de un poco de temor. En cuanto a eso, el viaje que emprendes es tu propio castigo y quizás tu cura, porque estarás loco o serás valiente antes de que termine. Pero además quiero encargarte algo: debes vigilar a ese Weston y a ese Devine en Thulcandra, si es que llegan. Aún pueden hacer mucho mal dentro y fuera de tu mundo. Por lo que me has contado, empiezo a vislumbrar que hay eldila que van dentro de tu aire, en la fortaleza misma del Torcido. Tu mundo no está tan herméticamente cerrado como se creía en estas regiones del cielo. Vigila a esos dos torcidos. Sé valiente. Lucha contra ellos. Y cuando lo necesites, parte de mi gente te ayudará. Maleldil te los hará ver. Hasta es posible que tú y yo volvamos a encontrarnos mientras aún habites tu cuerpo, porque sin la sabiduría de Maleldil no nos habríamos encontrado ahora, ni yo habría aprendido tanto sobre tu mundo. Me parece que este es el comienzo de muchas idas y venidas entre los cielos y los mundos y entre un mundo y otro, aunque no como suponía el Grueso. Estoy autorizado a decirte esto. Se ha profetizado hace mucho tiempo que el año en que estamos (pero los años estelares no son como los tuyos) será un año de tumultos y grandes cambios y que se acerca el día en que caiga el cerco impuesto sobre Thulcandra. Si Maleldil no me lo impide, no estaré lejos de ellos. Y ahora, adiós.

Los tres seres humanos embarcaron para su terrible viaje al día siguiente, en medio de grandes multitudes de las tres especies malacándricas. Weston estaba pálido y ojeroso después de una noche de cálculos tan intrincados que habrían abrumado a cualquier matemático aunque su vida no dependiera de estos. Devine estaba alborotado, inquieto y un poco histérico. Su opinión sobre Malacandra había cambiado por completo durante la noche, ante el descubrimiento de que los «nativos» tenían una bebida alcohólica, y hasta había tratado de enseñarles a fumar.

Solo los pfifltriggi le sacaron provecho a la lección. Ahora se consolaba de un fuerte dolor de cabeza y de la perspectiva de una muerte lenta atormentando a Weston. A ninguno de los dos socios le encantó descubrir que habían retirado todas las armas de la astronave, pero en los demás aspectos todo estaba en orden. Cerca de una hora después de mediodía, Ransom paseó por última vez, lentamente, la mirada sobre las aguas azules, el bosque púrpura y las remotas paredes verdes del familiar *jandramit*, y luego pasó, como los otros dos, por la escotilla. Antes de que la cerraran, Weston les advirtió que debían economizar aire mediante una inmovilidad absoluta. No debían hacer ningún movimiento innecesario durante el viaje; incluso hablar estaba prohibido.

—Solo hablaré en caso de emergencia —dijo.

—Gracias a Dios —fue la última broma de Devine. Luego cerraron herméticamente la escotilla.

Ransom se dirigió en seguida a la parte inferior de la esfera, entró a la cámara que ahora estaba casi completamente volteada y se estiró sobre lo que más tarde sería la escotilla. Le sorprendió descubrir que ya habían subido miles de metros. El *jandramit* era solo una línea recta y purpúrea que cruzaba la superficie rojo rosada del *jarandra*. Estaban sobre la unión de dos *jandramits*. Uno de ellos era sin duda en el que había vivido; en el otro estaba Meldilorn. La hondonada por la que había cruzado el ángulo entre ambos, sobre los hombros de Augray, era completamente invisible.

A cada minuto que pasaba aparecían más *jandramits*: largas líneas rectas, algunas paralelas, otras que se cruzaban, otras que construían triángulos. El paisaje se hacía cada vez más geométrico. Entre las líneas púrpuras, el páramo era perfectamente liso. En línea recta bajo él se hacía notar el tinte rosado de los bosques petrificados, pero, hacia el nordeste, los grandes desiertos arenosos de los que le habían hablado los sorns aparecían como extensiones ilimitadas de amarillo y ocre. Hacia el oeste comenzó a aparecer una enorme mancha. Era un parche irregular de color azul grisáceo que parecía hundirse bajo el nivel del *jarandra* circundante. Dedujo que eran las tierras bajas boscosas de los pfifltriggi o más bien una de sus tierras bajas boscosas, porque ahora aparecían parches similares en todas direcciones, algunos como simples burbujas en intersecciones de *jandramits*, otros muy extensos. Se le fue haciendo evidente que su conocimiento de Malacandra era minúsculo, local, de parroquia. Era como si un sorn hubiera viajado sesenta millones de kilómetros hasta la Tierra y al llegar allí se hubiera quedado todo el tiempo entre Worthing y Brighton. Pensó que si sobrevivía, tendría poco que mostrar de su asombroso viaje: un conocimiento superficial del idioma, unos pocos paisajes, un poco de física entendida a medias... pero ¿dónde estaban las estadísticas, la historia, el amplio informe de las condiciones extraterrestres que un viajero como él tenía la obligación de ofrecer? Los *jandramits*, por ejemplo. Vistos desde la altura alcanzada ahora por la astro-nave, con todo su inequívoco carácter geométrico, lo hacían aver-gonzarse de haberlos tomado originalmente por valles naturales. Eran gigantescas proezas de ingeniería sobre las que no había aprendido nada. Proezas cumplidas, si todo era cierto, antes de que comenzara la historia humana... antes de que comenzara la historia animal. ¿O eso era solo mitología? Tenía la seguridad de que parecería mitología cuando hubiera regresado a la Tierra (si es que regresaba), pero la presencia de Oyarsa era un recuerdo demasiado fresco para permitirle auténticas dudas. Incluso se le ocurrió que la distinción entre la historia y la mitología podía no tener sentido fuera de los límites de la Tierra.

La idea lo desconcertó y volvió una vez más la mirada al paisaje, que poco a poco iba dejando de ser un paisaje para convertirse en un diagrama. En ese momento, hacia el este, una mancha mucho más grande y oscura que las que había visto hasta entonces se abrió camino dentro del ocre rojizo de Malacandra, una mancha extrañamente conformada, con largos brazos o cuernos que se abrían a cada lado y una especie de bahía entre ellos, como la parte cóncava de una media luna. Crecía y crecía. Los amplios brazos oscuros parecían tenderse para abarcar el planeta entero. De pronto vio un punto luminoso en medio de la mancha oscura y cayó en la cuenta de que no era una mancha sobre la superficie, sino el cielo negro apareciendo detrás del planeta. La suave curva era el borde de su disco. Ante ese espectáculo, el miedo se apoderó de él por primera vez desde que embarcaron. Lentamente, aunque no tanto para que no lo advirtiera, los brazos oscuros se alargaron más y más alrededor de la superficie iluminada hasta que al fin se encontraron. El disco entero, con un marco negro, estaba ante él. Los débiles golpes de los meteoritos se oían desde hacía rato, y la ventana por la que miraba ya no estaba claramente debajo de él. Aunque sus miembros ya eran muy livianos, estaban bastante rígidos para moverlos y tenía mucha hambre. Miró el reloj. Había estado en su puesto, hechizado, durante unas ocho horas.

Se dirigió trabajosamente a la parte soleada de la nave y retrocedió tambaleando, casi enceguecido por la gloria de la luz. A tientas, encontró las gafas oscuras en su antigua cabina y se sirvió agua y comida —Weston había racionado estrictamente las dos cosas—. Abrió la puerta de la sala de control y miró. Los dos socios, con los rostros consumidos por la ansiedad, estaban sentados ante una especie de mesa metálica, cubierta de instrumentos delicados que vibraban con suavidad y en los que predominaban el cristal y el alambre fino. Ambos ignoraron su presencia. Durante el resto del viaje silencioso, Ransom tuvo a su disposición toda la nave.

Cuando volvió al lado oscuro, el mundo que estaban abandonando parecía colgar en el cielo sembrado de estrellas, no mucho mayor que nuestra luna terrestre. Aún eran visibles sus colores: un disco amarillo rojizo manchado de azul grisáceo, con un casquete blanco en cada polo. Vio las dos pequeñas lunas malacándricas (su movimiento era bastante perceptible) y pensó que estaban entre el millar de cosas que no había notado durante su permanencia en el planeta. Durmió, se despertó y vio el disco colgando aún en el cielo. Ahora era más pequeño que la Luna. Sus colores habían desaparecido salvo un leve y uniforme tinte rojizo de su luz; hasta la luz había dejado de ser incomparablemente más intensa que la de las estrellas que lo rodeaban. Había dejado de ser Malacandra: era solo Marte.

Pronto cayó en la vieja rutina de dormir y tomar sol, interrumpida solo para escribir algunas notas apresuradas para su diccionario de malacándrico. Sabía que había muy pocas posibilidades de que pudiera comunicar su nuevo saber a los seres humanos y que, casi con seguridad, la muerte anónima en la profundidad del espacio sería el fin de su aventura. Pero ya le era imposible pensar en ello como «espacio». Tuvo algunos momentos de miedo frío, pero cada vez eran menores y más rápidamente absorbidos por un sentimiento de reverencia, que hacía que su destino individual pareciera insignificante por completo. No podía sentir que fueran una isla de vida viajando a través de un abismo de muerte. Sentía casi lo opuesto: que la vida esperaba fuera de la pequeña cáscara de huevo de acero en la que viajaban, lista para irrumpir en su interior y que, si los mataba, lo haría por el exceso de su vitalidad.

Tenía la ardiente esperanza de que, si morían, fuera por la descorporización de la astronave y no por asfixia. En algunos momentos, salir al exterior, liberarse, disolverse en ese océano de eterno mediodía le parecía una culminación aún más deseable que el regreso a la Tierra. Y si había experimentado un éxtasis parecido en el viaje de ida, ahora lo sentía multiplicado por diez, porque tenía la convicción de que el abismo estaba lleno de vida en el sentido más literal: lleno de criaturas vivientes.

A medida que avanzaban, su confianza en las palabras de Oyarsa sobre los eldila aumentaba en vez de disminuir. No vio ninguno; la intensidad de la luz en la que viajaban no permitía ninguna de las fugaces variaciones que habrían traicionado su presencia. Pero oía, o creía oír, toda clase de sonidos delicados o de vibraciones afines al sonido, mezclándose con la lluvia tintineante de los meteoritos y, a menudo, la sensación de presencias invisibles, incluso dentro de la astronave, se hacía irresistible. Era eso, más que cualquier otra cosa, lo que le restaba importancia al hecho de que sobreviviera o no. Él y su raza se veían pequeños y efímeros contra un fondo de plenitud tan inconmensurable. Su cerebro se tambaleaba ante la idea de la verdadera población del universo, la infinitud tridimensional de su territorio y los eones no registrados del pasado, pero su corazón se había vuelto más firme que nunca.

Felizmente alcanzó ese estado espiritual antes de que comenzaran los verdaderos sufrimientos del viaje. Desde que partieron de Malacandra, el termómetro había subido sin cesar, ahora marcaba una temperatura mayor a la de cualquier momento del viaje de ida. Y seguía subiendo. La luz también aumentó. Por lo común, Ransom mantenía los ojos cerrados con fuerza bajo las gafas, abriéndolos el mínimo tiempo posible, solo cuando necesitaba guiarse en sus movimientos. Sabía que, si llegaban a la Tierra, tendría la vista dañada de forma permanente. Pero eso no era nada comparado con el tormento del calor. Los tres permanecían despiertos las veinticuatro horas soportando la agonía de la sed con los ojos dilatados, los labios ennegrecidos y las mejillas manchadas de saliva espumosa. Aumentar sus escasas raciones de agua habría sido una locura, consumir aire discutiendo el asunto, también.

Comprendía bastante bien lo que pasaba. En su esfuerzo final por salvarles la vida, Weston se estaba aventurando dentro de la órbita terrestre, conduciéndolos más cerca del sol de lo que el hombre y quizás la vida habían estado nunca. Supuso que era algo inevitable; no se podía seguir a una Tierra en retirada alrededor del borde de su propio curso giratorio. Debían de estar tratando de salirle al paso, de cortar su trayectoria... ¡Era una locura! Pero el asunto no ocupó mucho su mente, no era posible pensar demasiado en algo que no fuera la sed. Uno pensaba en el agua, luego en la sed, luego pensaba que pensaba en la sed, luego en el agua otra vez. Y el termómetro seguía subiendo. El calor impedía tocar las paredes de la nave. Era obvio que se acercaba una crisis. En las próximas horas el calor los mataría o disminuiría.

Disminuyó. Llegó un tiempo en que yacieron exhaustos y estremeciéndose en algo que se parecía al frío, aunque seguía haciendo más calor que bajo cualquier clima terrestre. Hasta allí, Weston había triunfado; se había arriesgado a llevarlos a la temperatura más alta a la que podía sobrevivir en teoría la vida humana y la habían soportado. Pero no eran los mismos hombres. Hasta entonces Weston había dormido muy poco incluso en sus períodos de descanso: después de más o menos una hora de sueño intranquilo, volvía siempre a sus cartas de vuelo y sus cálculos infinitos, casi desesperantes. Se le podía ver luchando contra la desesperación, acosando una y otra vez las cifras en su cerebro aterrado. Ahora ni las miraba. Hasta parecía descuidado en la sala de control. Devine se movía como un sonámbulo. Ransom vivía cada vez más sobre el lado oscuro y pasaba largas horas sin pensar en nada.

Aunque habían superado el primer gran peligro, a estas alturas ninguno de los tres tenía serias esperanzas de que el viaje terminara bien. Habían pasado ya cincuenta días sin hablarse, dentro de la cáscara de acero, y el aire ya estaba muy viciado.

Weston había cambiado tanto su forma de ser que hasta le permitió a Ransom compartir la dirección de la nave. Sobre todo por signos, aunque con la ayuda de algunas palabras susurradas, le enseñó todo lo que era necesario en esa etapa del viaje. Al parecer, iban a toda velocidad hacia el hogar (aunque con pocas probabilidades de alcanzarlo a tiempo) gracias a una especie de «viento alisio» cósmico. Unos pocos golpes de pulgar le permitían a Ransom mantener la estrella que Weston le había indicado en el centro del tragaluz, aunque siempre con la mano izquierda lista para hacer sonar la campanilla de la cabina de Weston.

La estrella no era la Tierra. Los días (los «días» puramente teóricos que tenían un significado terriblemente práctico para los viajeros) llegaron a sumar cincuenta y ocho antes de que Weston cambiara de rumbo y un astro distinto apareciera en el centro del tragaluz. A los sesenta días se hizo evidente que era un planeta. A los sesenta y seis era como un planeta visto con prismáticos de campaña. A los setenta era algo distinto a lo que Ransom hubiera visto alguna vez: un pequeño disco fulgurante, demasiado grande para ser un planeta y demasiado chico para ser la Luna. Ahora que se encontraba dirigiendo la nave, su humor celestial se había hecho pedazos. Surgió en él la sed salvaje, animal, por la vida, mezclada con una ansiedad nostálgica por el aire libre y las imágenes y los olores de la Tierra: la hierba y la carne y la cerveza y el té y la voz humana. Al principio, su dificultad principal había sido resistir el sueño; ahora, aunque el aire era cada vez peor, una excitación febril lo mantenía alerta. Al dejar la cabina de control, descubría a menudo que tenía el brazo derecho rígido y dolorido; durante horas lo había estado apretando contra el panel de control, como si su insignificante empujón pudiera aumentar la velocidad de la astronave.

Faltaban veinte días. Diecinueve... dieciocho... Y en el blanco disco terrestre, ahora un poco mayor que una moneda de seis peniques, Ransom creyó distinguir Australia y la región sudoriental de Asia. Hora tras hora, aunque los detalles se movían lentamente en el disco con su rotación diurna, la Tierra parecía negarse a crecer. «¡Vamos! ¡Vamos!», murmuraba Ransom a la nave. Ahora faltaban diez días y era como la Luna, tan brillante que no podía mirarla mucho tiempo de frente. En la pequeña esfera, el aire era casi irrespirable, pero Ransom y Devine se arriesgaron a susurrar algo al cambiar de turno.

—Lo lograremos —dijeron—. Lo vamos a lograr.

Cuando Ransom relevó a Devine en el día ochenta y siete, pensó que algo andaba mal respecto a la Tierra. Antes de que terminara su turno estaba seguro. Ya no era un verdadero círculo; sobresalía un poco sobre un lado, tenía casi forma de pera. Cuando Weston llegó a ocupar su puesto miró la escotilla, hizo sonar furiosamente la campanilla que despertaba a Devine, empujó a Ransom a un lado y se sentó en el asiento del piloto. Tenía el rostro blanco como la cal. Pareció a punto de hacer algo con los controles, pero, mientras Devine entraba en el cuarto, miró hacia arriba y se encogió de hombros con un gesto desesperado. Luego hundió la cara entre las manos y dejó caer la cabeza sobre el panel de controles.

Ransom y Devine intercambiaron una mirada. Sacaron a Weston del asiento (lloraba como un niño) y Devine tomó su lugar. Ransom comprendió al fin el misterio de la Tierra deformada. Lo que parecía un bulto sobre un costado del disco era cada vez con mayor evidencia un segundo disco, un disco casi tan imponente como el primero. Cubría más de media Tierra. Era la Luna, interponiéndose entre ellos y la Tierra, trescientos ochenta mil kilómetros más cerca que esta última. Ransom no sabía qué podía significar eso para la astronave. Era obvio que Devine sí lo sabía, y nunca se mostró tan admirable como en esos momentos. Tenía el rostro pálido como el de Weston, pero sus ojos estaban diáfanos, con un brillo casi sobrenatural.

Se sentó agazapado sobre los controles como un animal a punto de saltar y silbaba suavemente.

Unas horas después, Ransom comprendió lo que ocurría. Ahora, el círculo de la Luna era más grande que el de la Tierra y advirtió que los dos discos disminuían de tamaño de forma muy gradual. La nave ya no se acercaba a la Tierra y a la Luna: estaba más lejos que media hora antes, como resultado de la febril actividad de Devine con los controles. No sucedía simplemente que la Luna se había cruzado en su camino y los aislaba de la Tierra; al parecer, por algún motivo (probablemente gravitacional) era peligroso acercarse mucho a la Luna, y Devine los estaba apartando hacia el espacio. En vista de que arribaban al puerto equivocado se veían obligados a salir otra vez al mar. Miró el cronómetro. Era la mañana del día ochenta y ocho. Quedaban dos días para alcanzar la Tierra y se estaban apartando de ella.

—Supongo que esto significa nuestro fin —susurró.

—Así parece —murmuró Devine sin darse vuelta.

Un momento después, Weston se recuperó lo necesario para volver y quedarse de pie junto a Devine. No había nada que Ransom pudiera hacer. Ahora estaba seguro de que morirían pronto. Al verificarlo, desapareció la angustia del suspense. La muerte, viniera ahora o dentro de treinta años en la Tierra, había aparecido y reclamaba su atención. Un hombre debe hacer ciertos preparativos. Ransom abandonó el cuarto de control y regresó a una de las cámaras soleadas, a la indiferencia de la luz inmóvil, el calor, el silencio y las sombras de bordes afilados. Nada estaba más lejos de su mente que el sueño. Debe de haber sido la falta de aire lo que lo amodorró. Se durmió.

Despertó en una oscuridad casi total rodeado por un ruido fuerte y continuo que al principio no pudo identificar. Le recordaba algo, algo oído en una existencia previa. Era un tamborileo prolongado sobre su cabeza. De pronto su corazón pegó un salto.

—¡Oh Dios! —sollozó—. ¡Oh Dios! Es lluvia.

Estaba sobre la Tierra. El aire que lo rodeaba era denso y viciado, pero había desaparecido la sensación de asfixia. Advirtió que aún estaba en la astronave. Los otros dos lo habían abandonado, como de costumbre, a su propia suerte, temiendo la amenazante descorporización. Encontrar el camino en la oscuridad y bajo el peso aplastante de la gravedad terrestre era difícil. Pero pudo hacerlo. Encontró la escotilla y se escurrió por la parte inferior de la esfera, bebiendo el aire a grandes tragos. Resbaló en el barro, bendiciendo su olor, y al fin levantó el peso desacostumbrado de su cuerpo hasta ponerlo en pie. Estaba en medio de una noche oscura como boca de lobo, bajo una lluvia torrencial. La absorbió con cada poro del cuerpo, abarcó el olor del campo que lo rodeaba con todos los deseos de su corazón. Estaba en un trozo de su planeta natal, donde crecía la hierba, se movían las vacas y donde un momento después llegaba a una cerca y un portón.

Había caminado una media hora cuando una luz intensa a sus espaldas y un viento fuerte y breve le hicieron saber que la astronave ya no existía. No le importó. Hacia adelante había visto luces difusas, las luces de los hombres. Pudo llegar a un prado, luego a un camino, luego a una calle de aldea. Había una puerta iluminada y abierta. De ella surgían voces, voces que hablaban en inglés. Había un aroma familiar. Se abrió paso a empujones, sin importarle la sorpresa que causaba, y caminó hasta el mostrador.

—Un vaso grande de bíter, por favor— dijo Ransom.

22

De estar guiado por consideraciones puramente literarias, aquí terminaría mi historia, pero es hora de sacarse la máscara y permitir que el lector conozca el propósito verdadero y práctico con que ha sido escrito este libro. Al mismo tiempo, sabrá cómo llegó a ser posible escribirlo.

El doctor Ransom —y a estas alturas nadie dudará de que ese no es su verdadero nombre— abandonó pronto la idea de su diccionario malacándrico y en realidad cualquier idea de comunicar su historia al mundo. Estuvo enfermo durante varios meses y cuando se recuperó descubrió que dudaba bastante de que hubiera sucedido en realidad lo que recordaba. Parecía una alucinación provocada por la enfermedad y comprendió que la mayor parte de sus aventuras podía explicarse con motivos psicoanalíticos. Por su parte no se apoyaba demasiado en este hecho, porque había observado desde hacía tiempo que una buena cantidad de cosas «reales» de la fauna y la flora de nuestro propio mundo podían explicarse del mismo modo si uno partía de la suposición de que eran alucinaciones. Pero tenía la sensación de que si él mismo creía a medias en su historia, el resto del mundo no la creería en absoluto. Decidió mantener la boca cerrada, y allí habría terminado todo de no mediar una muy curiosa coincidencia.

Aquí es donde yo aparezco en la historia. Había conocido de forma superficial al doctor Ransom durante varios años y nos habíamos escrito sobre temas literarios o filológicos, aunque nos encontrábamos en rarísimas ocasiones. Por lo tanto, entraba dentro del orden de lo normal que le escribiera una carta hace unos meses, de la que citaré los párrafos pertinentes. Eran estos:

Ahora me estoy ocupando de los platónicos del siglo XII y he descubierto, de paso, que escribían en un latín condenadamente difícil. En uno de ellos, Bernardus Silvestris, dice una palabra sobre la que me interesaría mucho su opinión, la palabra *Oyarses*. Aparece en la descripción de un viaje a través de los cielos, y un *Oyarses* vendría a ser la «inteligencia» o espíritu tutelar de una esfera celeste o, para decirlo en nuestro idioma, un planeta. Consulté a C. J. sobre el asunto y dice que debería ser

Ousiarches. Desde luego, eso tendría más sentido, pero no me siento satisfecho. ¿Por casualidad usted ha tropezado con una palabra como Oyarses o puede arriesgar alguna suposición respecto al idioma al que pertenece?

El resultado inmediato de esta carta fue una invitación a pasar un fin de semana con el doctor Ransom. Me contó toda la historia y desde entonces los dos nos hemos ocupado sin cesar del misterio. Pudimos obtener datos sobre una buena cantidad de hechos, que no tengo la intención de publicar por el momento, hechos sobre los planetas en general y sobre Marte en particular, hechos sobre los platónicos medievales y, no menos importante, hechos sobre el profesor a quien he dado el nombre ficticio de Weston. Desde luego, podríamos ofrecer al mundo civilizado un informe sistemático de tales hechos, pero casi con seguridad solo producirían una incredulidad general y un juicio por difamación de parte de «Weston». Al mismo tiempo, ambos sentimos que no podemos guardar silencio. Diariamente nos vemos confirmados en la creencia que el «Oyarses» de Marte tenía razón cuando dijo que el «año celestial» en curso iba a ser revolucionario, de que se aproximaba el fin de la larga incomunicación de nuestro planeta y de que había grandes acontecimientos en marcha. Tenemos fundadas razones para creer que los platónicos medievales vivían en el mismo año celestial que nosotros (de hecho, este comenzó en el siglo XII) y que la aparición del nombre Oyarsa (latinizado como *oyarses*) en Bernardus Silvestris no es accidental. También tenemos pruebas (que crecen día a día) de que «Weston» o la fuerza o fuerzas que se ocultan detrás de este cumplirán un papel muy importante en los acontecimientos de los próximos siglos y, a menos que lo evitemos, un papel realmente desastroso. No queremos decir que vayan a invadir Marte; nuestra consigna no es simplemente «No a la intervención en Malacandra». No deben temerse peligros solo planetarios, sino cósmicos, o al menos solares, y no se trata de peligros temporales, sino eternos. Decir más sería insensato.

Fue el doctor Ransom quien comprendió primero que nuestra única oportunidad era publicar en forma de ficción lo que con seguridad no sería escuchado como informe de hechos reales. Incluso pensó, sobrevalorando mucho mis capacidades literarias, que eso podía tener la ventaja adicional de llegar a un público más amplio y que, con seguridad, llegaría a más gente con mayor rapidez que «Weston». Cuando objeté que, si lo aceptaban como ficción, por el mismo motivo lo considerarían falso, me contestó que en el relato habría indicios suficientes para los escasos, escasísimos, lectores que estuvieran actualmente preparados para profundizar en la materia.

—Y ellos podrán ponerse en contacto contigo, o conmigo, e identificarán con facilidad a Weston. De todos modos —continuó—, por el momento lo que necesitamos no es tanto un grupo de creyentes como un grupo de personas familiarizadas con ciertas ideas. Si pudiéramos conseguir que el uno por ciento de nuestros lectores cambiara su concepción de «espacio» por la concepción de «cielo», ya sería un buen comienzo.

Lo que ninguno de los dos previó fue que la rápida marcha de los acontecimientos iba a hacer que el libro resultara anticuado antes de publicarse. Esos acontecimientos lo han convertido más en un prólogo del relato que en el relato mismo. En cuanto a las etapas posteriores de la aventura... bueno, fue Aristóteles, mucho antes que Kipling, quien nos enseñó la fórmula «Esa es otra historia».

POST ESCRIPTUM

(Extractos de una carta escrita al autor por el doctor Ransom)

... Creo que usted tiene razón, y después de dos o tres correcciones (marcadas en rojo) el manuscrito debe quedar como está. No le ocultaré que me siento desilusionado, aunque es evidente que cualquier intento de contar una historia como esa tiene que decepcionar al hombre que la vivió. No me refiero al modo despiadado en que acortó toda la parte filológica, aunque, como ahora parece, da a los lectores una simple caricatura del idioma malacándrico. Me refiero a algo más difícil, algo que quizás no pueda expresar. ¿Cómo podría uno «comunicar» los olores de Malacandra? Nada vuelve a mí con mayor vividez en mis sueños... Sobre todo el olor que hay a la mañana temprano en esos bosques purpúreos, donde la mención misma de «mañana temprano» y «bosques» es engañosa, porque le llevará a usted a pensar en la tierra y en el musgo y las telarañas y el olor de nuestro propio planeta, mientras yo me encuentro pensando en algo totalmente distinto. Más «aromático»... sí, pero no caluroso o lujurioso o exótico, como sugiere la palabra. Algo aromático, picante y sin embargo muy frío, muy tenue, que hormiguea en el fondo de la nariz... algo que es para el sentido del olfato lo que las cuerdas altas y agudas del violín son para el oído. Y, mezclado en él, siempre oigo el sonido del canto: una gran música ahuecada, como de mastines, surgida de gargantas enormes, más profundas que la del tenor ruso Chaliapin, un «ruido hondo, oscuro». Cuando pienso en él siento nostalgias de mi viejo valle de Malacandra, aunque bien sabe Dios que cuando lo oía allí sentía una profunda nostalgia por la Tierra.

Desde luego, tiene razón. Si vamos a tratar el asunto como un relato, usted debe comprimir el tiempo que viví en la aldea sin que «pasara nada». Pero me resisto a admitirlo. Aquellas semanas tranquilas, el simple vivir entre los jrossa, son para mí lo principal. Los conozco, Lewis, eso es lo que no puede transmitir una simple narración. Sé, por ejemplo, porque siempre llevo conmigo un termómetro en vacaciones —me salvó de arruinar más de una— que la temperatura normal de un jross es de 48 grados. Sé, aunque no puedo recordar haberlo aprendido, que viven unos 80 años marcianos, o 160 años terrestres, que se casan alrededor de los 20 (40); que sus excrementos, como los de los caballos, no son ofensivos para ellos ni para mí, y son utilizados en la agricultura; que no derraman lágrimas, ni parpadean; que a veces se «entusiasman» (como usted acostumbra a decir en las noches festivas, frecuentes entre ellos), pero no se emborrachan. Pero ¿qué puede hacer uno con esas migajas de información? Simplemente las analizo a partir de un recuerdo vivo indivisible que nunca podría ser transmitido en palabras, y nadie de este mundo será capaz de construir con tales migajas una imagen adecuada. Por ejemplo, ¿puedo hacerle entender, incluso a usted, cómo supe, sin lugar a dudas, el motivo por el que los habitantes de Malacandra no tienen animales domésticos, ni, por lo general, sienten por sus «animales inferiores» lo que nosotros sentimos por los nuestros? Como es natural, se trata del tipo de cosas que ellos nunca podrían haberme contado. Uno lo comprende solo cuando ve a las tres especies juntas. Cada una de ellas es para las otras al mismo tiempo lo que es un hombre para nosotros y lo que es un animal para nosotros. Pueden hablar entre sí, pueden cooperar, tienen los mismos valores éticos; hasta ese punto un sorn y un jross se encuentran como dos hombres. Pero a partir de ahí, cada uno ve al otro distinto, divertido, atrayente en el sentido en que es atrayente un animal. En Malacandra se satisface un instinto que en nosotros está hambriento y que intentamos calmar tratando a los seres irracionales casi como si fueran racionales. Ellos no necesitan animales mimados.

A propósito, ya que estamos en el tema de las especies, lamento que las exigencias del relato hayan simplificado tanto la biología. ¿Le di a usted la impresión de que cada una de las tres especies era perfectamente homogénea? Si así fue, me expresé mal. Tornemos a los jrossa. Mis amigos eran jrossa negros, pero también hay jrossa plateados y en algunos *jandramits* occidentales se encuentra el gran jross crestado, de tres metros de altura, más danzarín que cantor, y el animal más noble que haya visto después del hombre. Solo los machos tienen cresta. También vi un jross blanco puro en Meldilorn, pero como un tonto nunca averigüé si representaba una subespecie o si era una simple rareza, como un albino terrestre. Hay también por lo menos un tipo más de sorn además del que conocí: el soroborn o sorn rojo del desierto, que vive en el arenoso norte. Según la opinión general, es magnífico.

Estoy de acuerdo en que es una pena que no haya visto a los pfifltriggi en su región natal. Conozco sobre ellos lo suficiente para «fingir» una visita que sea un episodio de la narración, pero no creo que debamos introducir ningún elemento ficticio a secas. La frase «verdadero en el fondo» suena muy bien sobre la Tierra, pero no puedo imaginarme explicándosela a Oyarsa y tengo la leve sospecha (vea mi última carta) de que me volveré a encontrar con él. De todos modos, ¿por qué nuestros «lectores» (¡a quienes usted parece conocer demasiado bien!), tan decididos a no oír una palabra acerca del idioma, iban a estar tan ansiosos por saber más sobre los pfifltriggi? Pero si usted puede incluirlo, desde luego no hará ningún daño explicando que son ovíparos y matriarcales, y que tienen corta vida si se los compara con las otras especies. Es bastante evidente que las grandes depresiones que habitan son el lecho de los antiguos océanos de Malacandra. Los jrossa que los han visitado se describen a sí mismos bajando hacia tupidos bosques sobre la arena «con las piedras de huesos (fósiles) de los antiguos habitantes de las olas entre ellos». Sin duda, esas son las manchas oscuras que se ven sobre el disco de Marte desde la Tierra. Y eso me recuerda otra cuestión. Los mapas de Marte que he consultado desde que regresé son tan contradictorios que he abandonado el intento de situar mi propio *jandramit*. Si usted quiere hacer la prueba, el desiderátum es «un "canal" que corre aproximadamente de nordeste a sudoeste cortando otro "canal" que va de norte a sur a una distancia no mayor de treinta kilómetros del ecuador». Pero los astrónomos discrepan mucho acerca de lo que pueden ver en esa zona.

Pasemos ahora a su pregunta más molesta: «Al describir a los eldila, ¿Augray no confundía la idea de un cuerpo más sutil con la de un ser superior?». No. La confusión corre totalmente por cuenta suya, Lewis. Él dijo dos cosas: que los eldila tenían cuerpos distintos a los de los animales terrestres y que eran de una inteligencia superior. Ni él ni nadie confundieron nunca en Malacandra la primera afirmación con la segunda, ni dedujeron una de la otra. En realidad, tengo mis razones para creer que hay también seres irracionales con el tipo de cuerpo eldil (¿recuerda las «bestias de aire» de Chaucer?).

Me pregunto si será sensato no decir nada sobre el problema de la forma de hablar de los eldila. Reconozco que presentar la cuestión durante la escena del proceso en Meldilorn arruinaría el relato, pero con seguridad muchos lectores tendrán el sentido común necesario para preguntarse cómo pueden hablar los eldila, si es obvio que no respiran. Es cierto que tendríamos que admitir que no lo sabemos, pero ¿no deberíamos comunicárselo a los lectores? Sugerí a J. (el único científico en quien confío) una teoría sobre que podrían tener instrumentos o incluso órganos para manipular el aire a su alrededor y producir así sonidos de forma indirecta, pero no pareció tomarla muy en cuenta. Él cree probable que manipulen directamente los oídos de aquellos a quienes «hablan». Eso suena muy difícil... Desde luego, debemos recordar que no tenemos el menor dato acerca de la forma o el tamaño de un eldil o al menos de sus relaciones con el espacio (nuestro espacio) en general. En realidad, hay que seguir insistiendo en que lo que conocemos sobre ellos es casi nada. Igual que usted, no puedo evitar el intento de confirmar su relación con las cosas que aparecen en la tradición terrestre: dioses, ángeles, hadas. Pero no tenemos información suficiente. Cuando traté de darle a Oyarsa cierta idea de nuestra propia clasificación cristiana de los ángeles, pareció considerar nuestros «ángeles» distintos de algún modo a sí mismo. Pero no sé si quiso decir que eran una especie distinta o si solo se trataba de un tipo especial de casta militar, dado que nuestra pobre y vieja tierra parece ser algo así como una batalla de Ypres* del universo.

¿Por qué no incluir mi descripción sobre cómo se trabó la persiana de la escotilla justo antes de bajar en Malacandra? Sin eso, la descripción que usted hace de nuestros sufrimientos por la luz excesiva durante el viaje de regreso provoca una muy evidente pregunta: «¿Por qué no cerraron las persianas?». No creo en su teoría de que «los lectores nunca notan ese tipo de cosas». Estoy seguro de que sí lo hacen.

Hay dos escenas que me hubiera gustado ver incluidas en el libro; no importa, las tengo grabadas en mi mente. Una u otra está siempre ante mí cuando cierro los ojos.

---

* Batalla de la Primera Guerra Mundial ocurrida en Ypres (Bélgica). (*N. del t.*).

En una de ellas veo el cielo de Malacandra por la mañana: azul pálido, tan pálido que ahora que me he acostumbrado otra vez a los cielos terrestres, lo recuerdo casi blanco. Las copas más cercanas de las hierbas gigantes («árboles», como usted las llama) se recortan en negro contra él, pero, a lo lejos, a kilómetros de distancia, más allá del agua azul y deslumbrante, los bosques remotos tienen el color de una acuarela púrpura. A mi alrededor, las sombras aparecen sobre el pálido suelo como sombras sobre la nieve. Ante mí caminan siluetas, formas esbeltas pero gigantescas, negras y bruñidas como sombreros de copa animados; sus grandes cabezas redondas, equilibradas sobre cuerpos sinuosos como tallos, les dan el aspecto de tulipanes negros. Bajan, cantando, al borde del lago. La música inunda el bosque con su vibración, aunque es tan suave que apenas la oigo, es como una lejana música de órgano. Algunos embarcan, pero la mayoría se queda en la orilla; no es una ocasión ordinaria, sino una especie de ceremonia. En realidad, se trata de un funeral jross. Los tres jrossa de hocico gris a quienes están ayudando a entrar al bote van a morir a Meldilorn.

Porque, en aquel mundo, salvo los pocos atrapados en las fauces del *jnakra*, nadie muere antes de que le llegue la hora. Todos agotan el lapso vital que le corresponde a su especie, y para ellos una muerte es tan previsible como un nacimiento para nosotros. La aldea entera ha sabido que esos tres iban a morir ese año, ese mes; incluso era fácil prever que morirían esa semana. Y ahora han partido, para recibir el último consejo de Oyarsa, para morir, para ser descorporizados por él. Los cadáveres, como cadáveres, existirán solo durante unos minutos. En Malacandra no hay ataúdes, ni sepultureros, ni cementerios, ni empresarios de pompas fúnebres. Ante su partida, el ánimo en el valle es solemne, pero no advierto señales de pena apasionada. No dudan de su inmortalidad, y los amigos de una misma generación no son apartados con violencia unos de otros. Se abandona el mundo como se llegó a él, acompañado por los «hombres de su edad». La muerte no es precedida por el terror ni seguida por la corrupción.

La otra escena es nocturna. Me veo con Jyoi en el cálido lago, bañándonos. Se ríe de mi torpe manera de nadar. Acostumbrado a un mundo más denso, apenas puedo sumergirme lo suficiente para lograr algún adelanto. Y entonces veo el cielo nocturno. En su mayor parte es muy parecido al nuestro, aunque sus profundidades son más negras y las estrellas más brillantes, pero algo que ninguna analogía terrestre puede transmitirle, querido amigo, sucede hacia el oeste. Imagine la Vía Láctea aumentada, la Vía Láctea vista con el telescopio más poderoso en la más límpida noche. Y luego imagine que no está inmóvil atravesando el cénit, sino alzándose como una constelación por encima de las cumbres montañosas: un deslumbrante collar de luces que brillan como planetas, alzándose con lentitud hasta ocupar la quinta parte del cielo, hasta dejar un cinturón de negrura entre el horizonte y él. No se puede contemplar mucho a causa del brillo, pero es solo un anticipo. Algo más se aproxima. Sobre el *jarandra* hay un resplandor similar al que precede a la Luna. ¡*Ajijra*!, grita Jyoi y otras voces ladradoras le contestan desde la oscuridad que nos rodea. Y ahora ha subido el verdadero rey de la noche y ahora penetra a través de la extraña galaxia occidental y hace que la luz de sus astros parezca incierta comparada con su propio resplandor. Aparto los ojos, porque el pequeño disco es mucho más brillante que la Luna en todo su esplendor. Una luz incolora baña todo el *jandramit*, puedo contar los tallos del bosque sobre la orilla opuesta del lago; veo que tengo las uñas de las manos sucias y partidas. Y ahora adivino qué es lo que he visco: Júpiter alzándose más allá de los asteroides, sesenta millones de kilómetros más cerca de lo que lo hayan visto nunca ojos terrestres. Pero los habitantes de Malacandra dirían «dentro de los asteroides», porque a veces tienen la extraña costumbre de considerar al sistema solar de forma inversa. Llaman a los asteroides los «danzarines ante el umbral de los Grandes Mundos». Los grandes mundos son los planetas que nosotros situaríamos «más allá» o «fuera de» los asteroides. Glundandra (Júpiter) es el mayor y tiene cierta importancia, que no pude precisar, para la mentalidad malacándrica. Es «el centro», «gran Meldilorn», «trono» y «fiesta». Por supuesto, son muy conscientes de que es inhabitable, al menos por animales de tipo planetario, y estoy seguro de que no abrigan ninguna idea pagana que los lleve a otorgar un lugar de residencia a Maleldil. Pero alguien o algo muy importante está conectado con Júpiter; como dirían ellos, «los séroni sabrían». Pero nunca me lo contaron. Quizás el mejor comentario sea del autor que ya le he mencionado: «Porque así como bien se dijo del gran Africano, que nunca estaba menos solo que cuando estaba solo, en nuestra filosofía no hay partes de la estructura universal menos adecuadas para ser llamadas solitarias que las que el vulgo considera más solitarias, dado que la ausencia de hombres y animales solo significa la frecuencia mayor de criaturas más excelsas».

Seguiremos con esto cuando venga. Estoy tratando de leer todos los libros antiguos que pueda conseguir sobre el tema. Ahora que «Weston» ha cerrado la puerta, el camino hacia los planetas descansa en el pasado. ¡Si en el futuro llega a realizarse otro viaje por el espacio, tendrá que ser también un viaje por el tiempo...!

ISBN 9781400232185

ISBN 9781400232178

LIBRO 2
de la trilogía cósmica

pere-
landra

C. S. Lewis

LIBRO 1
de la trilogía cósmica

más
allá
del
planeta
silencioso

C. S. Lewis

LIBRO 3
de la trilogía cósmica

esa
horrible
fortaleza

C. S. Lewis

ISBN 9781400232222

más allá del planeta silencioso
perelandra
esa horrible fuerza

la
trilogía
cósmica

C. S. Lewis

ISBN 9781400232253

3 obras
en 1 tomo

La trilogía cósmica (*Más allá del planeta silencioso, Perelandra* y *Esa horrible fortaleza*).

Más allá del planeta silencioso (9781400232178)

Más allá del planeta silencioso es la primera novela de la clásica trilogía de ciencia ficción de C. S. Lewis. Cuenta la aventura del Dr. Ransom, un académico de Cambridge, que es secuestrado y llevado en una nave espacial al planeta rojo de Malacandra, que él conoce como Marte. Sus captores planean saquear los tesoros del planeta y ofrecer a Ransom como sacrificio a las criaturas que viven allí. Ransom descubre que viene del «planeta silencioso», la Tierra, cuya trágica historia es conocida en todo el universo.

Perelandra (9781400232185)

Perelandra, la segunda novela de la trilogía de ciencia ficción de Lewis, narra el viaje del Dr. Ransom al planeta paradisíaco de Perelandra, o Venus, que resulta ser un hermoso mundo parecido al Edén. Se horroriza al descubrir que su viejo enemigo, el Dr. Weston, también ha llegado y lo pone en grave peligro una vez más. Mientras el cuerpo del loco Weston es tomado por las fuerzas del mal, Ransom emprende una lucha desesperada para salvar la inocencia de Perelandra.

Esa horrible fortaleza (9781400232222)

Esa horrible fortaleza es la tercera novela de la trilogía de ciencia ficción de Lewis. Ambientada en la Tierra, narra una terrorífica conspiración contra la humanidad. La historia rodea a Mark y Jane Studdock, una pareja recién casada. Mark es un sociólogo que se siente atraído por una organización llamada N.I.C.E., que pretende controlar toda la vida humana. Jane, por su parte, tiene extraños sueños proféticos sobre un científico decapitado, Alcasan. Mientras Mark se ve arrastrado inextricablemente a la siniestra organización, descubre la verdad de los sueños de su mujer cuando conoce la cabeza literal de Alcasan, que se mantiene viva mediante infusiones de sangre. Jane busca ayuda en relación con sus sueños en una comunidad llamada Santa Ana, donde conoce a su líder, el Dr. Ransom. La historia termina en una espectacular escena final en la sede de la N.I.C.E., donde Merlín aparece para enfrentarse a los poderes del infierno.

ISBN 9780829771213

los 4 amores | mero cristianismo | los milagros
el problema del dolor | el gran divorcio
la abolición del hombre | una pena observada
carta del diablo a su sobrino

clásicos
selectos
de
C. S. Lewis

Los clásicos selectos de C. S. Lewis (9780829771213)

Disponible por primera vez en un solo volumen, los *Clásicos selectos de C. S. Lewis*, una colección invaluable de ocho clásicos monumentales de uno de los intelectuales más importantes del siglo veinte.

Este magnífico compendio incluye clásicos sobre el pensamiento cristiano, obras de ficción y no ficción, una reflexión autobiográfica y su título para adultos más vendido de todos los tiempos, *Mero cristianismo*.

Cada libro dentro de esta colección demuestra la habilidad del autor de sumergir al lector con la genialidad de sus escritos y confirma su posición como uno de los pensadores más grandes de nuestra época que aún cautiva al lector de hoy.

Este magnífico compendio incluye:

- *Mero cristianismo*
- *Cartas del diablo a su sobrino*
- *El gran divorcio*
- *El problema del dolor*
- *Los milagros*
- *Una pena en observación*
- *La abolición del hombre*
- *Los cuatro amores*

cómo
ser
cristiano

C. S. Lewis

ISBN 9781400233380

ISBN 9781400233427

cómo
orar

C. S. Lewis

Cómo ser cristiano (9781400233380)

Del venerado maestro y autor de *best sellers* de obras cristianas clásicas como *Mero cristianismo* y *Cartas del diablo a su sobrino* llega una colección que reúne lo mejor de los consejos prácticos de C. S. Lewis sobre cómo encarnar una vida cristiana.

Cómo ser cristiano reúne lo mejor de las ideas de Lewis sobre la práctica cristiana y su expresión en nuestra vida diaria. Cultivada a partir de sus numerosos ensayos, artículos y cartas, así como de sus obras clásicas, esta colección esclarecedora y estimulante proporciona sabiduría práctica y dirección que los cristianos pueden utilizar para nutrir su fe y convertirse en discípulos más devotos de Cristo.

Cómo orar (9781400233427)

Las ideas de C. S. Lewis sobre el cristianismo y sus reflexiones sobre la vida cristiana continúan guiándonos aún más de cincuenta años después de su muerte. *Cómo orar* muestra la sabiduría perdurable de Lewis sobre la oración y su lugar en nuestra vida diaria.

Cultivado a partir de sus numerosos ensayos, artículos y cartas, así como de sus obras clásicas, *Cómo orar*, proporciona sabiduría práctica e instrucción para ayudar a los lectores a nutrir sus creencias espirituales y abrazar la oración en todas sus formas. Si bien a muchas personas les gustaría hablar con Dios, a menudo no saben cómo empezar. Lewis las guía a través de la práctica, iluminando el significado de la oración y por qué es fundamental para la fe.